祈りの陰

義賊・神田小僧

小 杉 健 治

幻冬舎時代小説文庫

祈りの陰　義賊・神田小僧

目次

第一章　祈禱団

一

　妙に白っぽく見える三日月が雲に隠れて、一帯は闇と静けさに包まれている。初冬の凍てつく夜風が肌に染み渡る中、神田小僧《かんだこぞう》は神田須田町《すだちょう》の『内海屋』の裏手にやって来た。

　九つ（午前零時）のことであった。

『内海屋』は使用人を二百人ほど抱える、江戸随一の履物問屋だ。見廻りも厳しいが、九つになる頃は、交替で警備が手薄になる。

　神田小僧は塀を乗り越え、音を立てずに着地した。少し先には蔵がふたつ見える。どちらも同じ大きさだ。ひとつは昔からある蔵で、もうひとつは手狭になったので新たに造った蔵である。

蔵から十五間《けん》（約二十七メートル）ほど離れたところに、この辺りではひときわ大きく目立つ豪壮な総二階の母屋が見える。

母屋はしんとしていた。

神田小僧は新しい蔵に素早く向かい、錠前に手を掛ける。懐から釘を二本取り出し、鍵穴に差し込んだ。さらに懐から針金を取り出し、先端を丸く曲げた。それを鍵穴の下部から入れて、奥に押し込み、力を入れながら回した。それから、もう一本針金を取り出し、先端を少し丸めて鍵穴の上部から差し込んだ。

カチャッと外れる音が鳴った。

錠を外して、蔵に足を踏み入れた。

扉を閉めると、すぐさま火縄で灯りを点けた。

手前には、掛け軸や茶道具が入った桐箱が山のように置いてあり、奥には千両箱が積んである。

『内海屋』は職人を奴隷のように扱って、搾取している。それだけでなく、旦那の佐源次《さげんじ》は奉公人にはとことん節約させて、自分だけ贅を尽くした暮らしをしているらしい。

神田小僧は千両箱を上からひとつずつ床に置いていった。そして、一番下の千両箱に手を掛ける。ここにも鍵が掛かっているが、釘一本ですぐに開けられた。蓋を開け、いっぱいに詰まっている中から五十両ほど盗んで、懐に入れた。

蓋を閉め、千両箱を元通りに積み直す。

それから速やかに蔵を出ると、元通り扉に施錠した。

これが神田小僧のやり口だ。

誰も傷つけないで、気づかれないように金だけを盗む。鍵もちゃんと元通りに掛け直すから、しばらくは盗まれた方も泥棒に入られたことに気づかない。

神田小僧は蔵を離れ、すぐ近くの塀を飛び越えた。

着地した時、細い紐が付いている小さな玉のようなものを拾い上げた。無意識のうちに懐に入れて、急いでその場を立ち去った。

翌朝六つ（午前六時）前、低く立ち込めた薄い霧の中、巳之助《みのすけ》は日本橋久松町《ひさまつちょう》に戻ってきた。二十代半ばで、細身でしなやかな体つきをしている。冷たく見える顔立ちだが、切れ長の目元は少し寂しそうでもある。

住んでいる長屋の木戸をくぐったところの井戸端で、四角い頭の男と出くわした。隣に住む野菜の棒手振《ぼてふ》りの庄助《しょうすけ》だ。

「巳之さん、おっ母さんの様子はどうだ」

庄助が気遣うようにきいてきた。

前までは女のところに通っていると思われていたので、小梅村の方に住んでいる年老いた母の面倒を見に、時たま泊まりに行かなければいけないと言い訳をしてある。何かとお節介な男で、色々なことに口を突っ込んでくる。ただ、嫌味のない性格なので、人見知りの巳之助でも、庄助とは付き合えている。

「ええ、何とか」

巳之助は小さく返事をした。

「そうか、ならよかった。また今夜行くから」

庄助は酒を持ってきて勝手に吞《の》む。巳之助は迷惑に思う時もあるが、特に文句は言わなかった。

「じゃあ、またな」

庄助は威勢の良い声で、長屋木戸を出て行った。

巳之助は自分の家に帰ると、すぐに帯を解き、綿入れの着物を脱ぐ。そして、新しい着物に腕を通した。

いくら寒いといっても、鋳掛《いかけ》の仕事をしていると、汗をかく。なので、比較的生地の薄い袷《あわせ》でないと汗で着物が傷んでしまう。

巳之助は腰ひもを巻いてから、箪笥の中から博多献上の角帯を取り出した。あまり身なりにも気を遣わない巳之助だが、この帯は特別だ。鋳掛屋の仕事で贔屓にしてくれている、斉木正之助《さいきしょうのすけ》という今年四十歳の御家人が金に困っていて、買い取ってくれないかと頼まれたのだ。巳之助は情けから、帯を五両で買い取った。初めは大して惹かれなかったものの、いざ身に着けてみると、やはり良い生地を使っているだけに引き締まって見える。これを身に着けてから、不思議と鋳掛の依頼も増えた。

毎日でも身に着けたいが、使い過ぎて駄目にしたくないので、三日に一度くらいしか箪笥から出さなかった。

巳之助は帯をぎゅっと締めてから、道具箱を持って家を出た。井戸端で屯《たむろ》している長屋のおかみさんたちの横を通り抜け、長屋木戸を出た。

目の前には浜町堀《はまちょう》が流れる。魚や野菜などを積んだ小舟が何艘も往来している。

筋違御門《すじかいごもん》の方に足を向けて歩き出した。

ちょうど、筋違御門の先の淡路坂《あわじざか》に斉木正之助が住んでいる。

「いかけや、いかけ」

と、声を掛け、神田の町々をいくつか仕事をしながら通って、斉木の屋敷に着いたのは、昼過ぎであった。斉木の屋敷には若党、小者、女中がひとりずついる。ひと月ほど前の嵐の時に屋敷の一部が崩れ、修繕に金が掛かるとのことだ。

斉木は今日、非番である。なので、頼み事があるから来て欲しいと先日寄った時に言われていた。おそらく、また何か買い取って欲しいとのことだろう。それなら、わざわざ鋳掛屋に頼まなくてもいいと思っていたが、それは口にしなかった。

斉木の屋敷に着くと、巳之助は小さな木の門を開けて中に入り、狭い庭を通り抜けた。ふと横目で屋敷の玄関の方を見てみると、屋根の上に大工の姿が見えた。

巳之助は勝手口に回り、

「ごめんください」

と、声を掛けた。

すると、二十歳そこその垢ぬけていないお歳《とし》という女中が出てきた。この女中は津軽の百姓家の出身で、向こうにいても働き口がないので、数年前に江戸に出てきたそうだ。

「斉木さまは？」

巳之助はきいた。

「いま奥で御新造とお話をしています。巳之助さんが来たことを伝えましょうか」

お歳は気遣うように言った。

「いや、待たせてもらう」

巳之助は地面に道具箱を置き、

「何か直して欲しいものとかないか」

と、きいた。

「ちょっと、包丁が切れにくくなったんですけど」

「貸してくれ」

「でも、御新造に節約するように言われているんです」

「金はいらねえよ」

巳之助は低い声でぼそっと言い、手を差し出した。

「本当にいいんですか」

「構わねえ」

「では、お言葉に甘えて……」

お歳は申し訳なさそうに台所から包丁を持ってきた。巳之助は受け取ると、道具箱の中から持ち運びに程よい大きさの砥石を取り出し、包丁を当てて素早い手の動きで滑らせた。

「大したものですね」

お歳は驚いたように言う。

「いや」

巳之助は刃先に注意を向け、研ぎながら答える。

「そういえば、最近、妙な祈禱師がいるのを知っていますか？」

「妙な祈禱師？」

「『筑波山祈禱団』と書かれた旗を持った男たちが宣伝して回っているのですよ。祈禱師たちがなかなか二枚目という噂で……」

お歳はうっとりした目をした。

「『筑波山祈禱団』、知らねえな」

巳之助は手を止め、お歳の顔を見て答えた。

お歳は巳之助の視線に気づくと、どぎまぎしながらすぐに顔を俯けた。巳之助は懐から紙を取り出し、包丁ですっと切った。

切れ味は良い。

「これで大丈夫だ」

巳之助は刃先を自分の方に向けて、お歳に包丁を返した。

「ありがとうございます」

お歳は受け取ろうとした時、手を滑らせたのか、包丁を落とした。

「危ねえ」

巳之助の言葉と同時に、

「きゃっ」

とお歳が驚いたような声を上げた。

幸い、包丁はお歳の足ではなく、床に刺さった。巳之助は包丁を素早く抜き、刃先が欠けていないか確かめた。

「すみません」

お歳は平謝りする。

「気を付けろよ。刃先は何ともなさそうだ」

巳之助はちゃんとお歳に包丁の柄を握らせて返した。

その時、「お歳、誰か来ているのですか」と言いながら、面長に細い目で妙に艶めかしい三十七、八歳の女がやって来た。斉木正之助の妻、お市《いち》である。微かに桂皮のにおいが漂う。昨夜、小さな玉を拾った。それは袖香炉で、同じようなにおいである。

お市はこっちに気が付くなり、

「あっ、巳之助。今日は何も頼むものはないけど」

と、少し甲高い声で言った。

「いえ、斉木さまに呼ばれているんです」

巳之助は答えた。

「えっ、そうなのですか」

お市は知らなかったようで、驚いたように言った。

「はい」

巳之助は小さく頷く。

「だったら、上がってくれたらよかったのに。お歳もちゃんとお通ししなきゃいけませんよ」

お市はお歳に顔を向け、軽く注意した。

「いえ、お話し中だというんで、あっしがここで待たせて頂いたんです」

「気を遣わせて悪かったですね。いまは奥の部屋にいるから、どうぞ」

お市が手で上がるように示して、お歳に巳之助を案内するように告げた。

お歳が先に歩き、巳之助を奥の部屋まで連れて行った。奥の部屋といっても、それほど大きな屋敷でもないので、台所のふたつ隣の部屋である。すぐに辿り着いた。

襖は開いている。中で煙管《キセル》を咥《くわ》えて難しい顔をしている斉木が見えた。

「巳之助さんがお見えです」

お歳が告げた。

斉木はこっちに顔を向け、

「入ってくれ」

と、言った。

「へい、失礼します」

巳之助は頭を下げて、部屋に入り、斉木の正面に正座した。斉木はお歳に下がるように命じた。

「それはあの帯だな」

斉木がぼそりと言った。

「ええ、大変立派なものをありがとうございます」

「無理に買い取らせたんじゃないかと心配だったんだ。五両も貰ってよかったのか。お前の方の暮らしは大丈夫か」

「ええ、思わぬ実入りがあって。余分な金がありましたから」

「そうか。お前によく似合っておる」

斉木は納得するように頷いた。

「ところで、ご相談というのは？」

巳之助からきいた。

「襖を閉めてもらえるか」

斉木は巳之助の後ろを指した。

巳之助は指示に従って、立ち上がって襖を閉めてから、改めて斉木と向かい合わせに座った。

斉木は莨《タバコ》を一口吸い、灰を落とし、

「実は、近ごろお市の様子がおかしいのだ」

と、声を潜めて話し始めた。

「おかしいと仰いますと？」

巳之助がきき返す。

「このひと月の間に、三度も夜に出かけている。それだけでなく、金を工面してきた。昨夜《ゆうべ》は十両を借りてきたのだ」

「金を工面するというのは、斉木さまが頼まれたことではないのですか」

「わしは何も言っていない」

「御新造には、どこで用立てたのかお訊ねにならなかったのですか」

「出かける度にきいてみるが、いつも親戚からとしか答えてくれない」

それなら何もおかしくないのではと、巳之助は思った。

だが、斉木はすぐさま続けた。

「しかし、お市の実家は取り潰しになっているし、親類の者の話を聞いたことがない」

それから、斉木がお市の身の上を語った。

お市の父親は向沢小吉《むかいざわこきち》という御家人だ。小吉は五年ほど前に何か不祥事をやらかして切腹したそうで、家が取り潰しになった。お市には弟がいるが、いまは町医者として生計を立てている。向沢玄洋《げんよう》といって、芝金杉通《かなすぎどおり》に診療所がある。玄洋は町人や下級武士を相手に、細々と仕事をしているだけで、そんなに稼ぎがあるわけでもなさそうだ。

いままでは一両や二両程度を工面していただけなので、それくらいであれば玄洋にも用意出来るかもしれないと思っていたが、今回で三度目だし、十両は大金である。だから、おかしいと思っている。

「斉木さまがご存知ないだけではないのですか」

「そうかもしれぬが、それなら、どこの誰だか教えてもいいようなものだ……」

斉木は納得いかないように、首を傾げる。

「では、御新造が他のことで金策したとお思いですか」

巳之助が改まった声できいた。

「うむ」

「ちなみに、どんなことだと？」

「いや、それはわからん」

斉木は苦い顔をしながら、即座に答えた。

「昨夜、御新造はお出かけだったんですよね」

巳之助は声を小さくして確かめた。

「そうだ。四つ（午後十時）過ぎに帰ってきた」

「四つ過ぎ……」

昨夜、お市も出かけている。『内海屋』の塀の外に、袖香炉が落ちていたことを再び思い出した。偶然であろうか。それとも……。

「ともかく、お市がどこで金を工面しているか確かめてもらいたい。もちろん、ただでとは言わぬ。あまり金は出せないがな……」

「かしこまりました。金は結構でございますよ」

「それだと、お前さんをただ働きさせてしまう」

「いつも、斉木さまにはお世話になっておりますから」

「といっても、大して金にならないことを頼むばかりだ」

「いえ、あっしにとっては助かっております」

巳之助は斉木に気を遣わせないように言い、

「御新造が持ってきた金は、もう使われてしまったのですか」

と、訊ねた。

「前に持ってきた数両の金は屋敷の修繕に使ってしまったが、昨日の十両は大金だし、どんな金かわからないと使えん」

「わかりました。あっしがちゃんと調べます」

巳之助は誓った。

「かたじけない」

斉木は深々と頭を下げ、

「もしや、悪い金ではないかと思ったりも……」

と、不安げに言った。

「悪い金と仰いますと？」

「いや、何でもない。とにかく、頼んだぞ」

斉木は振り切るように言った。

巳之助もそれ以上は突っ込んできかず、

「ともかく、御新造の件は調べてみます」

と、改めて約束した。

「よろしく頼む」

斉木は申し訳なさそうに軽く頭を下げた。巳之助はまた二、三日後に来ると言い、屋敷を後にした。

二

冬の弱々しい陽ざしが、不忍池《しのばずのいけ》に降り注ぐ。蓮が枯れ、水面に弁天堂の姿がくっきりと映る。冷たい水の中で、冬鳥たちが気持ちよさそうに泳いでいる。

松永九郎兵衛《まつながくろべえ》は形ばかり、弁天堂に手を合わせた。九郎兵衛は腰に名刀三日月兼《かね》村《むら》を差している。そのことから、三日月九郎兵衛とも渾名《あだな》される。

九郎兵衛は横目で、武家の若妻を追った。隣に供の、三十代半ばくらいの細身で機敏そうな若党風の男が付き添っている。

そこに近づいて、耳を澄ます。

「お祓いしてもらうだけですから、ここで待っていてください」

「いえ、私も付き添います」

「心配いりませんよ」

若妻は平然と言う。

若党は迷いながらも、その場に残った。

若妻は不忍池の縁を通って、下谷茅町《したやかやちょう》に向けて歩いた。

茅町の一画に、四方を高い塀で囲ってあるだだっ広い屋敷があった。門には、『筑波山祈禱団江戸道場』という看板が掲げてある。

若妻は門をくぐり、中に入った。ちょうど、それと入れ替わるようにして、上質な着物の商家の内儀《おかみ》風の女が出てきた。

若妻は踏み石を伝って、広い土間に入り、「すみません」と声を掛けた。すると、背の低い坊主頭の作務衣を着た二十歳そこそこの男が出てきた。

「御祈禱でいらっしゃいますか」

「はい、初めてなんですけど」

「では、まずこちらにお名前を書いて頂けますでしょうか」

若妻は作務衣の男の言う通り、近くの台で筆を持ち、すらすらと動かした。

「こちらにどうぞ」

ふたりは奥に消えていった。

九郎兵衛は誰もいないのを確かめてから門をくぐった。

庭を通り、土間に足を踏み入れ、中の様子を確かめた。長い廊下の奥に襖が開けられた部屋があり、そこから、「こちらでお待ちになってください」という作務衣の男の声が微かに聞こえた。

九郎兵衛は急いで土間を出て、屋敷の外壁に沿って、若妻が通された部屋が外から見える場所へ行った。

壁の上の方に小窓があったので、九郎兵衛はそこから覗いた。二十畳ほどの広間になっており、女たちが三人ほど待っていた。

四半刻（三十分）ほど、若妻はそこで待っていたが、さっきの作務衣の男に呼ばれて、部屋を出て行った。

九郎兵衛が若妻の声を探ると、少し離れたところから若妻の声がした。その声を頼りに進み、再び壁の上の方にある小窓から覗いた。

茶室のように、真ん中に炉があって、床の間もある四畳半の部屋で、若妻が金色の僧正帽に、紫色の袈裟をかけた長い顎鬚の老僧と向き合っている。

「あなたは体に関することで悩んでいるのでしょう」

老僧が鋭い目つきで言った。

「あ、はい」

若妻が頷く。

「子どもが出来ないということでは？」

「え？　どうして、それを……」

若妻は驚いたようで、言葉を失くしていた。

「私は筑波山で十五年間、飲まず食わずで岩の上で座禅を組む修行を行っておりました。その間、一言も発しません。咳払いさえ、禁じていました。そうしていると、天の声が聞こえるようになってくるのです。あなたがこちらにやって来られたのも、全て天のお導きです」

老僧が自信に満ちた様子で説明する。若妻は感心したように、老僧の話に耳を傾けていた。

さらに続けて、

「ただ、私は祈禱を致しません。弟子たちにさせています。でも、心配は御無用。弟子も筑波山で修行を積んでおります。あなたには松園《しょうえん》がいいでしょう。すぐに連れてきますから、ここでお待ちください」

と老僧は言い、部屋を出て行った。

少しして、赤い僧正帽を被り白い袈裟をかけた、鼻筋の通った大きな切れ長の目の背が高い三十歳くらいの僧がやって来た。

九郎兵衛は、なかなか好い男だと思った。

「松園と申します」

透き通るような声だった。

「以前、知り合いからこちらの道場のことを聞きまして、是非、祈禱を受けたいと」

「左様でございますか」

松園はゆっくりと頷き、

「まずは茶の用意を致します。筑波山麓でしか取れない特別な茶です」

と、準備を始めた。

それから、松園は茶を点《た》てて、

「さあ、こちらを。少し苦いですが、体に良いものです。ぬるくしてありますので、一気に飲んでください」

と、若妻に差し出した。

「ありがとうございます」

若妻は松園に言われた通りに、勢いよく口にした。

余程苦かったのか、顔をしかめた。

「では、ここに横たわってください」

松園が指示した。

「はい……」

若妻が体を横にすると、松園が若妻の腹部に手をかざし、軽く目を瞑って呪文を唱え始めた。

やがて、その声が止み、松園は目を開いて、

「如何《いかが》でしょう」

と、若妻に訊ねる。

「お腹が少し軽くなった気がします」

若妻は上体を起こしながら答える。

「それもそのはずです。あなたのお腹に邪気が溜まっていたのです」

松園がもっともらしく言った。

「邪気ですか?」

若妻が不安そうにきき返す。

「ええ、胸に手を当ててよく考えてみてください。人に言えないことをしていませんか」

「人に言えないこと……」

若妻は考えてから、

「もしかして」

と、思い当たったように言った。

「何ですか」

松園がきいた。

「いえ、大したことではありませんので」

「いいから、仰ってください。隠し事をしていては、いつまで経っても治りませんぞ」

松園は脅すように言う。

「……はい。実は旦那さまの手文庫からこっそりと金を盗んだことがあります」

若妻は気まずそうに答える。

「本当に、それだけですか」

松園は厳しい目を向けた。

「はい」

若妻は頷く。

「もっと、他にあるはずです」

松園は決めつけた。

「他に？　ないはずですが……」

「旦那さま以外の男に惹かれたことはありませんか」

「あっ、それは……」

若妻が俯きながら、口ごもる。

「その者とはどうなりました？」

松園が追い打ちをかけるようにきいた。

「何もございません」

「そうですか。でも、そのせいで、邪気が宿り、子どもが出来ないのです」

松園は軽く叱りつけるように言った。

「でも、もう邪気を祓ってくれたのですよね？」

若妻がきいた。

「いえ、この様子ではまた宿ります」

「では、どうすれば」

若妻は縋《すが》るような目つきで、松園を見た。

「やり方はいくつかあります。それは次回に」

松園はもったいぶって言った。

「わかりました。次回はいつ頃伺えばよろしいでしょうか」

「いつでも、ご都合のよろしい時に」

松園が優しい眼差しで若妻を見る。若妻は何か考えているような様子であったが、

「またすぐ来ます」とだけ伝えた。それから、ふたりはその部屋を出た。九郎兵衛は小窓を閉め、素早く道場を立ち去った。


三日後、その若妻はまた下谷茅町の道場に現れた。

九郎兵衛はあの後、若妻を尾行して、勘定方の役人、菊田《きくた》十四郎《じゅうしろう》の妻小千代《こちよ》だということを知った。

菊田十四郎は今年、四十五になる。歳の離れた夫婦で、若妻は後添えらしい。前妻は三年前に、病で亡くなった。前妻との間にも子どもがいないらしい。小千代の実家も御家人で、父親は二十石五人扶持の下級武士だ。

小千代が道場の正面で声を掛けると、二十歳くらいの小柄な作務衣姿の男が出てきて、ふたりは廊下の奥に消えていった。

九郎兵衛は庭に入り、裏手に回る。この間と同じ部屋に近づいた。

しばらくしてから、

「まだ三日しか経っていませんが」

と、松園の透き通るような声が聞こえた。

「ええ」

小千代が小さく答える。

九郎兵衛は小窓をそっと開け、中を覗いた。

部屋の四隅に蠟燭が点っていた。

松園は小千代に湯吞みを渡した。小千代はそれを飲み干した。

松園が手で小千代に横たわるように指示すると、小千代は従った。松園は小千代の腹の上に手をかざし、目を瞑って呪文を唱え始めた。

少しすると、その声が止んだ。

「体は軽くなりましたか」

松園がきく。

「いえ、今日はまだ重いままです」

「そうでしょう。以前よりも邪気が強いですから」

「えっ、どうすれば」

「まだ続けます。帯を解いてください」

松園が平然と言う。小千代の顔に戸惑いが走る。

「どうしたのです？」

「お、帯を解くのですか」

「ええ」

松園は真顔で頷いた。

小千代は恥じらいながらも、帯を解いた。次いで、松園の指示で帯紐を取り、長襦袢一枚にさせられた。

小千代の顔は赤くなっていた。

「では、長襦袢も」

松園がそう言うと、小千代は従った。それから、再び横たわる。

だが、松園は小千代を裸にさせただけで、手は出さなかった。先ほどと同じように、腹の上に手をかざし、呪文を唱えるだけである。

それが四半刻ほど続いた。

「今度はどうでしょう?」

松園がきく。

小千代は両手で体を隠すようにして、

「大分、軽くなりました」

と、俯きながら答える。

「わかりました。あなたに宿っている邪気は大変に強いもので、ちょっとやそっとのことでは取り払えないでしょう。出来れば五日、遅くとも十日以内にまたここに来てください。徐々に追い払いましょう」

松園は真剣な眼差しで言い、小千代に着物を渡した。

「わかりました」

小千代はそう答え、急いで着物に手を通した。

九郎兵衛は小窓をそっと閉めて、その場から離れた。道場を出ようと門に向かって歩いていると、他の部屋からは女の吐息のような声が漏れてきた。

ここには、松園の他にも祈禱師がいて、女にいかがわしいことをしているのだろうと睨んだ。

それにしても、こんなことをこそこそとやっていて、奉行所に目を付けられたらただでは済まない。

金銭のやり取りは見ていないが、おそらく部屋に来る途中で、作務衣の男に渡しているのだろう。女たちはいくら払っているのだろう。こういうことをするくらいだから、きっと高いのだろう。

客は皆、祈禱師の体目当てだろうか。

小千代はそうでもないように見えた。子どもが出来ないことで悩んでいると口にした顔に偽りは感じられなかった。ただ、小千代は松園に進んで会いに行っているような気もする。

ともかく、さっきは何も手を出していなかったが、次に来る時にはそれ以上のことに発展するだろう。小千代も生娘ではないのだから、そのことはわかっているはずだ。九郎兵衛としては小千代が松園に犯された方が後々、脅して金を取りやすい。

そんなことを考えながら帰途についた。

三

十五日の明け六つ半（午前七時）過ぎ、空は快晴だが、強い風が吹いていた。八丁堀の一画、定町廻り同心《じょうまちまわりどうしん》、関小十郎《せきこじゅうろう》の屋敷のほっそりとした松の木がいまにも折れそうなほど揺れていた。

関が小者を呼び、松の木を縄で固定しておくように指示したところへ、

「旦那、神田同朋町《どうぼうちょう》で殺しです」

と、岡っ引きの駒三《こまぞう》が飛び込んできた。

この男は元々、神田界隈で悪名を馳せた博徒であったが、いまは足を洗って、仲町《なかちょう》で旅籠《はたご》を営んでいる。背丈はないが、でっぷりとした体つきと鋭い目つきは、とうてい旅籠の旦那らしくない。

駒三の話によると、一刻（二時間）ほど前に神田明神の裏手で顔を潰された若い男の死体が発見されたという。

詳しいことはわからないが、ひとまず急いで報告に来たということだ。

ふたりが死体の置かれている場所に到着したのは、それから四半刻（三十分）後であった。

同朋町の自身番のすぐ裏手に人だかりがある。

「顔が滅茶苦茶にされているって聞いたけど、どんなんか見てみてえよな」

と、男の声がした。

こんな寒い日なのに、野次馬たちはいきいきとして、死体を見たがっていた。町人だけでなく、浪人の姿も見受けられた。関と駒三はその者たちを掻き分けて進んだ。

何とも言えないいやなにおいが漂う。死体には筵《むしろ》が被せられていて、町役人たちが心もとない表情で待っていた。

「あっ、関の旦那。これが仏です」

白髪交じりの町役人が鼻をつまみながら、筵をめくった。

死体は誰だかわからないくらい、顔がぐちゃぐちゃに潰され、原形をとどめておらず、各所から骨が飛び出していた。裸で、水に濡れている。

思っていたよりも、ひどい状態である。

「仏はどこで見つかったんだ」

関が周囲を見回してきいた。

「一本目の路地を右に曲がった裏長屋の井戸の中です」

若い町役人が説明する。

関は死体を検め、殺された時刻を昨夜四つ（午後十時）から八つ（午前二時）の間だろうと推測した。

それから、関は駒三を引き連れ、若い町役人の案内で、死体が見つかった場所に移動した。すると、おかみさん三人が井戸の周りに集まって、深刻そうな顔で話し合っていたが、関の姿を見ると、すぐに端の方に寄った。

井戸の縁に、うっすらと血の跡が残っていた。

「ここです」

若い町役人が言った。

関は井戸に近づいて、じっくりと血の跡を見る。ここにはそれほど血が残っていない。辺りを歩き回ってみても、他に血が飛び散っているようなこともない。

「仏が見つかった時刻は？」

「七つ半（午前五時）過ぎです。あのおかみさんが伝えに来てくれました」

若い町役人が端に寄っているおかみさんのひとりを指した。振り向くと、背が高いおかみさんが一歩前に出た。

「水を汲んだら濁っていたので、おかしいなと思って中を覗き込んでみたんです。すると、何か塊があったので、急いで亭主に伝えに行きました。私は犬だと思ったのですが、亭主が言うには犬にしては大きい。もしかしてと言うので、自身番に伝えに行きました」

おかみさんがそこまで話すと、

「それで、自身番の連中が井戸の中から引き揚げてみると、あのありさまでした」

若い町役人が顔をしかめて言った。

駒三の家には、死体を見つけたおかみさんの亭主で、野菜の棒手振りをしている男が伝えに来たそうだ。

「夜中に何か物音は聞かなかったか？」

関がおかみさんたちにきいた。

ふたりは寝てしまっていたからわからないと答えたが、

「寒くて寝付けずにいましたら、八つ（午前二時）くらいに外からドボンと鈍い音がしました」

と、小太りのおかみさんが答えた。

「お前さんが聞いたのは、その音だけか」

関が訊ねる。

「足音が聞こえました」

「ひとりの足音だったか」

「ええ、ひとりでした」

それから、もっと深くきいてみたが、小太りのおかみさんからは他に有力なことは聞けなかった。この長屋の住人は全員所帯を持っているそうで、家の中にいるおかみさんたちにも話をきいて回ったが、皆ぐっすりと眠っていたようで、これといったことはわからなかった。

大家もこれから井戸の掃除をしても、しばらくは薄気味悪くて使えないだろうと困った顔をしていた。

裏長屋を離れ、大通りに出ると、

「どうやら、他の場所で殺し、この井戸に捨てたようだな。少なくとも、下手人はふたりはいる。仏の状態から、殺しから井戸に捨てるまで、それほど掛かっていない。だとすると、この近くで殺しが起こったに違いない」

関は駒三に話した。

「ええ、あっしもそう思います。ちょうど、神田明神の裏手です。あそこで殺されたと思うんですが、旦那はどうお考えで？」

駒三が関に意見をきいた。

「そうだな。その辺りのことを詳しく調べておけ。俺はこれから、奉行所に向かう。今日は、奉行所までの供は結構だ。また夕方に八丁堀に報せに来い」

「へい」

駒三が勢いよく答える。

それから、関は数寄屋橋《すきや》に足を向けて歩き出した。

関が八丁堀に帰ってきた時には、暮れ六つ（午後六時）を過ぎていた。今日はいつもより仕事が多くて、手間取った。

日中の仕事の間にも、今朝方の同朋町の殺しが常に脳裏にあった。

あれほどひどい殺し方をしているとなると、余程恨みがあったのだろうか。殺されたのは、ただ若い男としかわからない。若い男ならば痴情のもつれということも考えられるし、喧嘩ということもある。ただ、突発的な殺しであれば、わざわざ死体を井戸まで運ぶだろうか。

関がそんなことを考えながら帰宅して、土間に足を踏み入れて履物を脱いでいると、廊下の奥から女中がやって来て、

「駒三さんがお待ちです。客間に通してあります」

と、教えてくれた。

それから、すぐに裏庭を見渡せる客間に向かった。裏庭といっても古くからある松の木が一本立っているだけである。

襖を開けると、駒三が正座していた。

「すまん、遅くなって」

関はそう言って、駒三の正面に座った。

「いえ、それより旦那、やっぱり殺しは神田明神の敷地です。御神殿の裏手の目立たないところに血が飛び散った跡が残っていました」

駒三が前のめりで説明しながらも、困ったような顔をした。

「それで、下手人の見当は付いたか？」

関がきく。

「殺しを見ている者がいないばかりか、誰にきいてもあの死体の身元がわからないんです。神田界隈の呑み屋や女郎屋で近ごろ喧嘩がなかったかきいてみたんですが、どれもあの殺しとは結び付かないんです。あとは、金銭の揉め事がなかったかというのもきいて回りましたが、いずれも違うようです」

「そうか。男女のもつれから殺しに及んだというのは考えられないか」

「それも一応考えてみたんですが、神田界隈ではなさそうです」

駒三が首を横に振る。

「じゃあ、神田以外に住んでいる者かもしれぬな」

関はどこか一点を見つめて、呟いた。

「ただ、殺されたのは夜中です。そんな遅くに、神田明神までおびき寄せることが出来るかどうか……」

　駒三は首を傾げて答えた。

「そうか。とすると、神田に住む者でなくても、近くにいた者だろうな。たとえば、こういうことは考えられないか。あの辺りで賭場が開かれていて、殺された男が出入りしていた。殺された男が胴元と揉め事を起こしたというのは」

「考えられなくはないですが……。ただ、あっしはあの辺りで賭場の噂を耳にしたことはないんです。まあ、でもその線で探ってみます」

　駒三は野太い声で答え、部屋を後にした。


　木枯らしが真夜中の路地で、落ち葉を巻き上げる。

　駒三は神田同朋町の一画にある松屋三朝《まつやさんちよう》という六十近くになる噺家の二階家に来ていた。一階が稽古場兼寄席になっていて、内弟子が五人ほど住んでおり、弟子を含めると全部で二十人という大御所である。

　三朝は元々三遊派であり、張りのある声と色気で、二十代半ばの頃には、江戸で最も客の集まる噺家と言われていた。しかし、素行が悪く、一門を破門され、新しく松屋の屋号を作った。

ここに賭場が立っていることは昔から知っている。駒三もまだ博徒だった頃には、三朝の開く賭場に出入りしたことがあった。岡っ引きになってからは、昔のよしみで、三朝のことは見逃していた。

関は賭場で揉め事があったということも視野に入れているが、駒三はそうは思わない。賭場に出入りするようなやくざ者が、誰だかわからなくなるまで顔を潰すとは思えなかった。ああいうことをするのは、大抵素人で、狂気じみた者だ。

駒三は戸を叩いた。

しばらくあって、

「誰です？」

と、若い男の声がした。戸を開ける気配はない。

「仲町の駒三だ」

「仲町の駒三さん？」

「岡っ引きだ」

「あっ、親分ですかい。気づかずに、すみません。こんなところへ、どうしたんです？」

「どうしたんですじゃねえ。いまやっているだろう」

「え？　何をです？」

「惚《とぼ》けたって無駄だ。こっちはちゃんと、ここに賭場が立っているのは知っているんだ」

駒三は周囲を憚って、小さな声で言った。

「そんなことないですよ。何かの勘違いじゃございませんか？」

相手は惚け続けている。

「今日はしょっぴくために来たわけじゃねえ。同朋町の殺しのことで話をききに来たんだ」

関には、逃げられたと言えばいいだろうと思い、狙いを予め伝えた。

「はあ」

「とにかく、中に入れろ」

駒三は叱りつけるように言った。

「いや、それはちょっと」

相手は戸惑っている。

「今日は賭場が立っていたって構わねえ。それで、何かしようって魂胆じゃねえから、安心しな」

駒三は安心させるように言った。

だが、返事はない。

「おい、早くしねえか、寒いだろう」

駒三は強い口調で促した。

「わかりました。いま開けますから」

と、戸が開いた。

二十歳そこその前座が立っていた。駒三も何度か見たことのある者だった。駒三は中に入り、履物を脱いで上がると、二階に行った。

「ちょっと、待ってください」

前座が追いかけてきたが、「変な真似はしねえ」と駒三は再び言った。

二階の一番奥の部屋に行くと、誰もいなかった。すると、後ろから「親分」という三朝のしゃがれた声が聞こえた。

「師匠、相変わらず早《はえ》えな」

駒三は振り返って、白髪交じりの小太りの男に、皮肉っぽく笑う。

「何のことです？」

三朝が笑顔できき返す。駒三は周囲を見回した。押し入れが微かに開いているのが気になる。押し入れに隠し扉があり、裏庭に抜けられるようになっていると聞いていた。

「親分、夜中に来られちゃ、こっちも眠くてたまりませんよ」

「俺の立場もわかるだろう」

「まあ、いつも親分には感謝していますよ。それより、同朋町の殺しのことだって？」

三朝が話を振った。

「そうだ。何か知らねえか」

「全く」

三朝が首を横に振る。

「最近、誰と誰が大喧嘩したとか、誰かが恨まれていたとか」

「噺家、芸人の誰かだと思っているんですかい」

「そうは言ってねえ。お前さんは顔が広いからきいているんだ」

駒三が説明すると、三朝は腕を組み難しい顔をした。

「さて、この界隈ではそんな話は聞かなかったしな……」

「お前さんは方々の寄席に行くだろう。そこで色々ときいてくれ」

駒三が頼んだ。

「私に頼むと高くつきますよ」

三朝は冗談か本気かわからないような口調で返す。

「日頃から目を瞑ってやっているだろう」

「まあ、でも、その分こっちだって」

「そうだな。何かあったら俺が助けに入ってやるから」

駒三は約束した。

「じゃあ、そうしてもらいましょう」

三朝が笑顔を向けた。

「夜分に邪魔をした」

駒三はそう言って、三朝の家を出て行った。

四

浅草田原町《たわらまち》の松永九郎兵衛の長屋の窓から月明かりが差し込んでいる。辺りは静まり返っていて、九郎兵衛と半次《はんじ》が声を落としながら話していた。半次は今年二十九になる博徒で、面長で耳が横に大きく張っていて、背が高く、脚が長い。

この男は九郎兵衛のことを慕っている弟分のような者で、足が速いことから韋駄《いだ》天《てん》の半次と渾名される。

九郎兵衛は今日の昼間に半次に声を掛けて、自宅まで来てもらった。

軽く世間話をしてから、

「少し前の神田同朋町の殺しを知っているか」

と、九郎兵衛がきいた。

「ええ、賭場の仲間内でも、顔が潰されていたから誰が殺されたんだろうって話題になっています」

「そうか。まだ誰も知らないようだな」

九郎兵衛は得意げに言った。

「その口ぶりだと、旦那はご存知で？」

「ああ」

「誰なんです？」

「松園だ」

九郎兵衛は、はっきりと言った。

「松園？」

半次が首を傾げてきき返す。

「『筑波山祈禱団』の祈禱師のひとりだ。俺が少し前から目を付けていた」

と、小千代が松園と会い、最初の祈禱の時には、着物の上からお腹に手をかざされ、二回目には帯を解かれて裸で祈禱を受けていたことを話した。さらに、女たちを虜《とりこ》にして金を巻き上げているのではないかという考えも伝えた。

「死体の顔がぐちゃぐちゃになっていたのに、よく松園だってわかりましたね」

半次が不思議そうに言った。

「うん、実はこういうことなんだ」

と、九郎兵衛は殺しがあった日の夕方のことを回想した。

九郎兵衛が下谷茅町にある『筑波山祈禱団』の道場の様子を調べに行った帰り、池之端《いけのはた》仲町で突然、「松永！」と後ろから声を掛けられた。

振り返ってみると、平たく小皺の多い顔の男が立っていた。

「木下《きのした》じゃないか」

九郎兵衛は嫌なところで会ってしまったと思ったが、平然と返事をした。

木下は昔同じ藩にいた男で、いまは九郎兵衛と同じように浪人になっている。

この男とは、何度も悪事を働いたことがある。たとえば、賄賂《わいろ》を渡しているところに押し入って、その金を全部奪ったり、押し込みから金を巻き上げたりした。

共に腕に自信のある者同士であったので、何も恐いことはなかった。しかし、木下は短慮で、詰めが甘いところがあり、危うく捕まりそうになったことがある。それ以降、木下とは距離を置いていた。

「今しがた、『筑波山祈禱団』の道場で何をしていたんだ？」

木下が鋭い目できいた。

「いま評判だから、どんなものかと様子を見に来たのだ」

「もしかして、金になると思って、『筑波山祈禱団』に目を付けているんじゃないか」

木下が不敵な笑みを浮かべた。

「いや……」

九郎兵衛は惚けた。

木下も自分と同じようなことを考えているに違いない。

「久しぶりに呑みたいな」

木下の誘いに、九郎兵衛も探りを入れるつもりで、

「少しだけ」

と、応じた。

それから、ふたりで会う時にはよく使っていた神田同朋町の安い居酒屋に場所を移した。

そこで酒を酌み交わしていたが、木下は『筑波山祈禱団』のことは話題にせず、昔話に花が咲いた。

思わぬ楽しいひと時に、つい長居してしまった。

気が付くと、時刻は五つ半（午後九時）近くになっていた。

「そろそろ帰ろうか」

九郎兵衛が腰を浮かしながら、

「ところで、お前こそ何で、道場の近くにいたんだ」

と、探りを入れた。

「あいつらはどうせ女の弱みに付け込んで、金を巻き上げているに違いねえ。金になるかもわからないから、目を付けたんだ」

「強請《ゆす》るつもりか」

「そうだ」

木下は頷いた。

「しかし、『筑波山祈禱団』がそういうことをしているとは限らないだろう」

「しているに決まっている」

「証《あかし》があるのか」

「証なんか、すぐ見つけてみせる」

木下は自信に満ちた声で言ってから、

「これは俺が先に目を付けたんだから、お前は余計な真似をするなよ」

と、けん制した。

「わかった」

九郎兵衛は諦める気はないが、木下に話を合わせた。

「今日はもう遅いから帰ろう」

九郎兵衛はそう言って、割り勘で支払いを済ませて店を出た。

「ところで、お前はまだ田原町に住んでいるのか」

木下がきいてきた。

「そうだ。お前は？」

「本郷に引っ越したんだ」

木下は上機嫌で言った。

その時、少し先に羽織に着流し姿の松園と若党風の男が歩いているのを見かけた。いつもは祈禱師の格好をしているので、どこか違和感があったが、ひときわ目立つ二枚目であったので間違えるはずはない。

「どうしたんだ？」

九郎兵衛が松園を目で追っていると、木下も松園を見ながら鋭い目つきできいてきた。

「いや、何でもない」

九郎兵衛は首を横に振り、横目で松園と若党風の男を見た。

ふたりは神田明神に向かって行った。

そして、翌日の明け六つ半（午前七時）頃、九郎兵衛は下谷茅町の道場の様子を見に行こうと家を出た。

途中の池之端で、ばったり出くわした顔見知りの蓖の歩き売りが、

「同朋町で殺しがあったそうですよ」

と教えてくれた。

それを聞いた時、はっとした。

「同朋町って、神田のか？」

「ええ」

九郎兵衛は昨夜、松園を見かけたことが気になって、急遽行き先を変えた。

それから、早歩きで神田同朋町へ行った。

自身番に人だかりがあったので近づいてみると、筵を被せられた死体が横たわっていた。

「これが例の殺しか」

九郎兵衛は近くにいた若い町役人にきいた。

「そうです」

若い町役人は頷いた。

「知っている者かどうか確かめてもいいか」

「構わないですけど、顔がぐちゃぐちゃになっていて、誰だかわからないと思いますよ」

「顔がぐちゃぐちゃに？」

どういうことだろうと思いつつ、若い町役人が筵をめくって全身が現れた死体を目にした。確かに、顔は原形をとどめていないくらいに、潰されている。骨なども飛び出ている。

背格好は松園に似ていた。

「どうです？　覚えがありますか」

「いや、ここまで顔が潰されていると誰だかわからない」

九郎兵衛はそう言って引き下がった。

その後、すぐに同心の関小十郎と岡っ引きの駒三が現れた。

町役人が関に説明しているのを聞き、死体は裏長屋の井戸の中で見つかったということを知った。

九郎兵衛はふと我に返り、そのことを目の前にいる半次に伝えた。

半次は興味を引かれたように聞いていた。

「どうだ。松園殺しは『筑波山祈禱団』が関わっているような気がしねえか」

「でも、たまたま旦那が前日の夜に神田明神に向かうのを見かけただけということも考えられませんか」

半次は首を傾げた。

「昨日、今日と道場を探ってみたが、松園の姿は見当たらない」

九郎兵衛は言った。

「そうですか。なら、松園のような気もしますね」

半次が腕を組みながら唸り、

「道場の様子はどうだったんですか」

と、きいてきた。

「いつもと違っていた。死体を見てから、すぐに道場に向かったんだ……」

九郎兵衛が道場に着いたのは、五つ（午前八時）過ぎであった。

道場の中を覗いてみると、松園の姿は見当たらなかった。どことなく、道場の者たちも慌ただしい様子であった。

そして、その翌日も道場で様子を探ったが、松園はいなかった。

九郎兵衛が帰ろうとした時、たまたま松園に掛かっていた小千代が訪ねてきた。

いつもの二十歳そこそこの作務衣姿の男が出てきて、奥の部屋に通された。小千代がそこで待っていると、金の僧正帽を被った顎鬚の長い僧がやって来た。

「松園さんは？」

小千代は不思議そうな顔をしながら、
と、訊ねた。

「ちょっと、急用で江戸を離れております」

「では、今日は祈禱を受けられないのですね……」

小千代は残念そうに言った。

「もし、他の祈禱師でもよろしければ」

「色々と事情をわかって頂いているので、松園さんがいいのですが」

小千代が困ったように言いながら、

「いつ頃戻ってこられるのですか」

と、きいた。

「まだはっきりとは答えられませんが、二十日後には」

「二十日後？　そんなに」

「どういたしましょう？」

「では、それまで他の方でお願い致します」

「はい。では、少々お待ちください」

顎鬚の僧は部屋を出て、その後、松園とは雰囲気の違った、背はそこまで高くないが歌舞伎の女形をさせたら映えそうな綺麗な顔立ちの祈禱師が入ってきた。

「慈恵《じけい》と申します」

男は挨拶してから、

「松園からあなたの悩みについて聞いております。では、これを飲み、それから裸になって横たわってください」

と、指示した。

小千代は茶を飲んだあと、恥じらいながらも、帯を解き、着ているものを脱いでいった。

慈恵は小千代のお腹に手をかざしながら、松園と同じように呪文を唱えた。しかし、小千代は慈恵だとしっくりこないのか、曖昧な表情のままであった。

「終わりました」

「はい」

小千代が上体をゆっくり起こした。

「どうですか」

慈恵が訊ねる。

「まあ……」

小千代は曖昧な返事をした。

「次回はどういたしましょうか」

「ちょっと、考えてみます」

小千代は浮かない表情で答えた。

その時、近くで物音がしたので、九郎兵衛はその場を離れた。

道場で見たことを半次に全て伝えると、

「やっぱり松園ですね」

半次は確信したように言った。

「そうだろう。松園殺しには『筑波山祈禱団』が関わっているに違いない」

「…………」

「女を騙していることで強請るよりは、こっちの方が金になる！」

九郎兵衛は語気を強めた。

「本当に祈禱団の仕業なんでしょうかね」

半次の声が弾む。

「そうとしか考えられない。岡っ引きよりも早く真相を摑まなくてはいけない。急いで取り掛かるぞ」

「へい」

半次が威勢の良い返事をする。

「調べることが色々あるな」

九郎兵衛はポツリと言った。

「じゃあ、いつもの面子《メンツ》を揃えますか」

「そうだな」

ふたりはそう決めて、酒を呑み始めた。

五

昼下がりの神田同朋町は、いつも以上に騒がしかった。

しかし、巳之助が「いかけえ」と声を掛けても、あまり人が出てこない。諦めて、次の町に行こうかと思った時、「鋳掛屋」と後ろから野太い声を掛けられた。

振り向くと、ふたりの男がいた。ひとりは四十過ぎの羽織に着流し姿の同心、関小十郎だ。面長で口角が上がって、顎が尖っている。もうひとりは背はそれほど高くないが、でっぷりとした体つきの目つきの鋭い岡っ引きの駒三だ。

巳之助は一瞬ぎくりとしたが、顔に出さずに、

「何でしょう」

と、きき返した。

「お前は毎日ここを通るのか」

関がきいた。

「いえ、ここは三日に一度くらいです」

「そうか。最近、この辺りで揉め事だとか、喧嘩騒ぎがあったとか、些細なことでもいいから知らないか」

「さあ」

巳之助は首を傾げる。どうしてそんなことをきくんだろうと思ったが、もしや同朋町の殺しのことではないかと感づいた。

死体の顔が原形をとどめていないくらいに潰されていたというのは、瓦版や知り合いから伝え聞いていた。

皆、その殺しについて興味を示しているようであったが、巳之助は全く関心がな

かった。

「ここを真っすぐ行って、二番目の角を左に曲がった裏長屋に行くことはないか」

「何度かそこの長屋の方から鋳掛の仕事を頼まれたことがあります」

「最近か」

「もう半年くらい前ですかね」

「そうか。何か気になったことはなかったか」

「いえ、特に……」

巳之助は首を横に振った。

「ならいい」

関は素っ気なく巳之助との話を打ち切った。

「何があったんです」

巳之助はつい訊ねた。

「殺しの件だ」

駒三が短く答えた。それ以上は何も言わない。ふたりは巳之助の横を通り抜けて行った。

誰が殺されたのだろうかと思いながら、再び歩き始めた。

すると、顔見知りの鋳掛屋に出くわした。挨拶を交わした後、

「そういや、同心に話しかけられなかったか」

と、きかれた。

「ええ、ついさっき。殺しのことで」

「そうか。それにしても、ひでえ殺しだな」

「顔が潰されていたそうですね」

「ああ、それに井戸の中に放り込まれていたから、長屋の連中は気味悪がって井戸を使えねえよ」

「確かに、迷惑な話ですね」

「全くだ。大家さんが毎日井戸を掃除していて、見かけは綺麗になっているが、まだ誰も使いたがらないみたいだ。いっそのこと、新しい井戸を造ろうかと考えているようだが、金が掛かるからな」

そんなことを聞いて、巳之助は鋳掛屋の男と別れた。

そこまで残酷な殺し方をするくらいだから、相当な恨みがあるのだろうと考えな

がら、「いかけえ」と声を掛けて歩いていた。

しばらくすると、左の頬に刀傷のある鋭い目つきで屈強な体つきの浪人、松永九郎兵衛を見かけた。

この男とは、これまで二回、組んだことがあるが、こちらの事情と相まって組む羽目になっただけで、出来れば関わりたくなかった。

巳之助は気づかれないように、その場を立ち去ろうとしたが、

「巳之助」

と、九郎兵衛に声を掛けられた。

巳之助は逃げるわけにもいかないので、

「三日月の旦那、お久しぶりです」

と、仕方なく、頭を下げた。

「元気にしてたか」

九郎兵衛は、にっと笑ってきいた。

「ええ」

「何で、ここにいるんだ」

「よく商売で」

「なら、十四日もここを通ったか」

「いいえ、その日は通っていません。何でです？」

「お前も殺しのことで来たのかと思ったんだ」

九郎兵衛が興味を寄せた。

「いいえ、違います。その殺しの件では、さっき、同心の旦那と岡っ引きの親分にきかれましたが」

巳之助は素っ気なく答えた。

「そうか。奴らはまだわかってなさそうだな」

九郎兵衛は愉快そうに言う。

「…………」

巳之助は意味ありげな言葉が引っ掛かりながらも、どうやって九郎兵衛から逃れようかと考えていた。

すると、九郎兵衛が鋭い目で巳之助をじっと見て、

「俺は殺された男を知っているんだ」

と、低い声で囁いた。

「そうですか。だったら、関の旦那に教えてあげればいいじゃないですか」

巳之助は適当に返した。

「冗談じゃねえ。こっちには考えがあるんだ」

九郎兵衛が言い、

「お前、『筑波山祈禱団』って知ってるか」

と、改まった声できく。

「ええ、名前だけは」

この前、斉木正之助の屋敷の女中、お歳が妙な祈禱師が宣伝して回っていると言っていたのを思い出した。

「そこにいる祈禱師のひとりじゃないかと思う」

九郎兵衛は腕を組みながら言った。

「実はあいつらに目を付けていたんだ。どうせ女を騙して金を巻き上げたりしていると思ってな。それを調べている途中で、この騒ぎだ」

「…………」

「『筑波山祈禱団』っていうのが何をしているのかまだ摑めていないが、殺しに関わっているに違いねえ。巳之助、また組まねえか」

九郎兵衛が誘ってきた。

「せっかくの旦那の誘いですが、すみません」

巳之助は軽く頭を下げて断った。

「どうしてだ、金になるぞ」

九郎兵衛は顔を近づけて、言った。

「あっしは金には興味ないんで」

巳之助は答える。

「でも、神田小僧は悪事を働くところから金を盗んで、貧しい者にばら撒くんだろう」

九郎兵衛が納得出来ない様子で迫った。

「『筑波山祈禱団』が殺《や》ったっていう証があるんですか」

「証はないが、どうせ女を騙して金を巻き上げているようなところだ。仲間割れが起こったんだろう」

「旦那の想像じゃないですか」

「そうとしか考えられねえ」

「…………」

巳之助は何も答えなかった。

「もし、わかったら組んでくれるか」

九郎兵衛は諦めなかった。

「いえ、あっしは興味ないんで」

巳之助は断った。

「そうか。俺は諦めんぞ。ちなみに、『筑波山祈禱団』っていうのは下谷茅町にあるんだ」

「…………」

「俺たちが組めば、恐いものはないのだがな……」

九郎兵衛は未練たらしく言って、その場を立ち去った。

巳之助も再び、声を上げて、回り始めた。

その日の夜は、雲がなく、星が輝いていた。どこからか野犬の震えるような遠吠えが聞こえる。巳之助が自分の住まいに帰って、行灯《あんどん》に火を入れた時に、

「俺だ、開けてくれ」

外から庄助の声が聞こえた。

巳之助は土間に下りて、腰高障子を開けた。冷気と共に、褞袍《どてら》を着た庄助が入ってきた。手には一升徳利がある。

「寒いんだから、たまにはお前も呑めよ」

庄助が無理に誘った。

腰高障子を閉め、巳之助は土間の端にある台所から猪口をふたつ持って、部屋に上がった。

ふたりは向かい合って座った。

「おっ、今日はお前さんも呑むんだな」

庄助が嬉しそうに言った。

いつもは庄助がひとりで呑んで、巳之助は隣で庄助の愚痴やら、他愛のない話を聞いているだけだ。だが、今日は底冷えする寒さだし、体を温めるために、一杯ひ

っかけようと思った。

庄助が酒を注いでくれて、ふたりは呑み始めた。

初めはここ数日のよもやま話をしてから、庄助の妹、お君《きみ》の話に移った。お君は、以前旗本屋敷に奉公していたが、いまは『二葉屋』という帯問屋で女中として働いている。庄助は巳之助とお君をどうにか結ばせたがっている。

「近ごろ、お君の様子が変なんだ」

庄助はぐいっと呑んでから言った。

「様子が変っていうと？」

巳之助は舐める程度に呑んできいた。

「仕事が終わったあと、たまに会っているだろう。それなのに、ここのところ、用事があるからって断られているんだ。おかしいだろう？」

庄助の声が大きくなる。

「何か気に障ることをしたんじゃ？」

巳之助がそっと言うと、

「いや、そうじゃねえ」

庄助は即座に否定し、

「あれは男だな」

と、決めつけた。

「まあ、お君さんだって年頃だし、好い人がいたっておかしくないですね」

巳之助が何気なしにそう返すと、

「俺はお前とお君が一緒になってくれたら、どんなにいいことかと思うんだ」

「………」

巳之助は黙っていた。

「え？　違うか？」

庄助が畳みかけるように言う。

「あっしはまだ女房を取るつもりはないですし、お君さんに好い人が出来たんなら、それは仕方ないじゃありませんか」

「でもよ」

庄助は不満そうに口を尖らせる。

「もし、男がいても、お君さんが選ぶくらいです。変な野郎じゃないでしょう」

「まあ、あいつに限って変な男には引っ掛からないと思うが……」

「優しく見守ってやりましょう」

巳之助は慰めるように言った。

庄助はとりあえず腹の虫がおさまったのか、穏やかに猪口を手にして口に運んだ。

「俺が何でここまでむきになったかっていうと、近ごろ色男の祈禱師が現れているみたいじゃねえか」

「庄助さんも知っているんですか？」

巳之助はきき返した。

「うちの奴から、若くて好い男の僧がいるらしいって聞いたんだ。どうせ、いんちきに決まっている。女を騙して金を巻き上げようって魂胆だ」

庄助は九郎兵衛と同じことを吐き捨てるように言い、

「それに、お君の奉公している店の内儀さんもそこに通っているそうなんだ」

「そうなんですか。そんなに人気なんですね」

「女たちには、かなりもてはやされているみたいだ。お君は内儀さんが変なことに巻き込まれないかと気に病んでいる。それより、俺はお君こそそんな奴らに引っ掛からなければいいと思ってな」

と、心配そうな声を出した。

それから、お君がどんなに優しくて、兄想いなのかということを長々と語り始めた。

「でも、お君さんがその祈禱師に引っ掛かっているわけではないんでしょう?」

「まあ、そうだけどよ。もしかしたら、そういうことだって、あり得るかもしれねえ」

庄助は呂律《ろれつ》があまり回っていなかった。

妹想いの庄助であるから、深く考え過ぎているのだろう。これ以上、庄助とこの話をしていると長くなって、朝まで掛かってしまいそうだ。

巳之助は黙って頷き、これ以上その話を広げなかった。

すると、庄助は巳之助の顔色に気づいたのか、

「すまねえ、愚痴っぽくなって、だらだらと」

と、ばつの悪そうな顔をした。

「いいえ」

巳之助は短く返した。

「もうそろそろ、帰るとするか」

庄助はそう言って、立ち上がった。大分呑んだので、足がふらついて、畳に手をついた。

「大丈夫ですか？」

「ああ、すまねえ」

「余程、お君さんのことを気にしているんですね」

「まあな」

庄助が危ない足取りで歩き出そうとしたのを、巳之助は支えてやった。

「家まで送っていきます」

「いや、いいんだ。お前さんには迷惑かけられねえ」

「そんなこと気にしなくていいですから」

「すまねえな」

庄助は巳之助にもたれかかるようにして、歩き出した。ふたりで一緒に土間に下り、履物に足を入れると、巳之助は腰高障子を開けた。

「うう、寒い」

庄助の虚ろな目が、少しだけ開いた。

ゆっくりとした足取りで、隣の家に着くと、腰高障子をそっと開ける。部屋は行灯が点っていて薄明るく、横になっていたおかみさんが音に気づいたようで、むくりと起き上がった。

「おう、いま帰ったぞ」

庄助は大きな声で言いながら、部屋に上がって崩れ落ちる。

「お前さん、静かにしないかえ。近所の迷惑だよ」

おかみさんが呆れたように注意し、

「巳之助さん、悪かったね。ずっと、お君ちゃんのことを聞かされただろう」

と、きいてきた。

「ええ」

巳之助は頷く。

「今日はずっとぐずぐず言っているんだ。皆、迷惑しているよ。ちゃんと注意しておくから許しておくれ」

おかみさんは頭を下げた。

「いいんです」

「ほんと馬鹿なんだから、うちの亭主は……」

おかみさんは苦笑いした。

庄助は寝転んで、いびきをかき始めた。

「風邪引きますから、あっちまで」

巳之助が庄助の体を抱きかかえて、夜具まで運んだ。それから、「じゃあ、おやすみなさい」と、巳之助は自分の家に戻った。

そして、改めて庄助が言っていた『筑波山祈禱団』のことを振り返ってみた。

第二章　密会

一

朝五つ（午前八時）の冷気を帯びた空が、冴え冴えと澄み渡っている。巳之助《みのすけ》は日本橋久松町《ひさまつちょう》の裏長屋を出て、神田に足を向けて「いかけえ」と歩き出した。

御家人斉木《さいき》正之助《しょうのすけ》から妻のお市《いち》を調べてくれと頼まれたが、その後お市に不審な動きはなかった。

巳之助が忍び込んだ神田須田町《すだちょう》の履物問屋『内海屋』の外に、お市がまとっているのと似たようなにおいの袖香炉が落ちていた。それもあって、ここのところ巳之助は、『内海屋』の近くを通っていた。

今日もそこの裏手を「いかけえ」と声を掛けながら歩いていると、『内海屋』から四十手前くらいの肉付きのよい女中頭が手水桶《ちょうずおけ》を手に出てきて、「鋳掛《いかけ》屋さん、待っておくれ」と声を掛けてきた。

「へい」

巳之助は立ち止まり、女中頭に顔を向けた。あと十歳か十五歳若ければ相当綺麗だったろうという整った顔立ちだ。

「やっぱり、お前さんだったんだね。声に聞き覚えがあったから、もしかしてと思ったんだ」

女中頭はにこやかに言う。

この女中頭にこの短い期間に二度も仕事を頼まれた。一度目は鍋、二度目は井戸の釣瓶の修理であった。巳之助は手先が器用なので、何でも出来る。それで、この女中頭は気に入ってくれたのだろう。

「ありがとうございます。今日はそれですか？」

巳之助は手水桶を指してきいた。

「そう、水が漏れるから直してくれないかい」

「ええ、わかりました」

巳之助は道具箱を地面に置き、女中頭から桶を受け取った。少しだけ穴が開いていて、そこから水が漏れるものと思われた。

「どう？　新しいものに替えないと駄目かい」

「まあ、ここに金具を巻き付ければ直せます」

「値はそんなに張らないかい？」

「ええ、新しく買うより安いですよ」

「じゃあ、そうして頂戴」

女中頭が頼んだ。

「でも、こんな立派な大店《おおだな》なら、新しい手水桶だって旦那が買ってくれるんじゃないですか」

巳之助はきいた。

すると、女中頭は声を潜めて、

「うちの旦那さまはそういうところには細かいんだよ。奉公人たちには倹約するようにと口うるさいんだ。そのくせ、自分は随分と豪遊しているんだけどね」

と、うんざりするように言った。

旦那の佐源次《さげんじ》は伊予出身で、今年五十になる男だ。七つの時に上方の履物問屋で丁稚《でっち》奉公を始め、二十五歳で江戸店の番頭としてこっちにやって来たそうだ。五年後、三十になった時に、ここ神田須田町に自分の店を構えた。いまでは江戸に三店舗、上方に一店舗、故郷の伊予にも一店舗の分店を持つ。

この間来た時に、このような佐源次の経歴を女中頭から聞いた。

「ケチだという以外に、旦那さまへの文句はないんですか」

巳之助がぼそっと言うと、

「いいえ。色々ありますけど、でも、あまり逆らうと、かえって何されるかわからないし、私ももうこの歳《とし》だから、これから新しい奉公先を探そうったって、なかなかねえ」

女中頭は自嘲気味に言った。

それから、さらに続けた。巳之助は話を聞きながら、手を動かしていた。

「旦那さまのせいで、婚期も逃しちまったし……」

女中頭は諦めたように言った。

婚期のことは旦那のせいにしても仕方がないだろうと、巳之助は心の中で思った。

巳之助は手水桶に金具を巻き終え、

「出来ましたよ。ちょっと、確認してください」

と、女中頭に渡した。

「ありがとう」

女中頭は満足そうに言った。

「ところで、旦那さまもここに住んでいるんですか」

巳之助は探りを入れてみた。

「そうよ」

女中頭が何でそんなことをきくのだろうという顔をする。

「一度もこちらの旦那さまの顔を見たことがなかったので」

巳之助はすぐに言い訳を加えた。

「確かに、あまり表に出ない人かもしれないわね」

「内儀《おかみ》さんはいらっしゃるんですか」

「それがずっと独りなの」

「店の跡継ぎとかは考えていないんですかね」

「あまりそういうことには興味なさそうよ」

「こんな大店の旦那さまっていうのは、どんな方なんでしょう。気になります」

巳之助は純粋に興味を持っているように装った。

「うーん、私の口から言うのはあれだけど、そんな大した人じゃないわよ。誇りだけが高くてね。これだけ金があるのに、粋な遊びも出来ない人よ」

あまり、女中の言うようなことではない。まるで、男女の仲になっているような言い方だ。

「粋じゃないっていうと？」

巳之助はきいた。

「吉原とかそういうところには足を運ばないで、身近な人にどんどん手を付けているのよ。それでもって、いいように使うだけ使ったら、見捨てるんだから」

女中頭は自分がそうされているかのように話した。巳之助はじっくりと聞いていたが、女中頭は何かばつの悪そうな顔をして、

「まあ、一代でここまで大店にしたんだから、大した人なんでしょう」

と、締めくくった。

もしかしたら、この女中頭も佐源次に手を付けられたのかもしれないと思った。

「そういえば、最近旦那さまに女の客人はありましたか」

　巳之助は思いついてきいた。

「ええ、何度か武家の妻女が来ることがあります」

「三日の夜にも来ませんでしたか」

「確か、来ていました。裏口を使っていました」

　女中頭が素直に答えた。

「何の用で来ているんですかね」

「多分、金を借りに来ているんでしょう」

「どういうことですか」

「あまり大きな声では言えないけど、旦那さまはこっそり高利で金を貸しているんです。それを知って借りに来たと旦那さまが言っていたけど。武家の妻女で世間体があるから、裏口を使ったんでしょう」

「そうですか」

　巳之助は何となく腑に落ちなかったが、やはりお市はここで金を調達しているのだろうか。だが、なぜ親戚に借りたと嘘を吐《つ》いたのだろう。

巳之助は女中頭と別れると、通新石町《とおりしんこくちょう》の方面へ「いかけえ」と声を掛けて歩き出した。

夕七つ（午後四時）の鐘が鳴っていた。もう冬の陽は落ちかけていて、薄暗く、どこか物悲しい。

巳之助は斉木正之助の屋敷の前までやって来た。近所には帰宅する武士の姿がちらほらとあった。

巳之助は懐から袱紗を取り出して、手の上で広げた。この間拾った袖香炉がある。百合の花が彫られた銀製のものである。多少薄れてきたが、まだ桂皮のにおいが残っている。

巳之助がそれを再び懐にしまって、門をくぐろうとした時、屋敷の中から三十過ぎの眉の太い、きりっとした目つきの商人が出てきた。巳之助が道を譲ると、その男は軽くお辞儀をして去って行った。

それから、巳之助は門をくぐり、勝手口に回った。

中に入ると、女中のお歳がかまどの火加減を見ていた。土鍋から湯気が立ち、食欲をそそるようないい香りが漂ってきた。お歳が炊いていた米をお櫃《ひつ》に移す。

「あ、巳之助さん。旦那さまはお出かけですよ」

「そうか。何か直すものはないかい」

「いえ、お陰様で」

お歳が土鍋の蓋を開けながら答えた。

「さっき帰った商人は一体誰なんだい」

巳之助は何気なくきいた。

「あの方ですか。草履屋の主人だそうですよ」

「御新造はよくそこへ買い物に行くのかい」

巳之助は確かめた。

「いいえ、御新造が言うには、半年ほど前にたまたま通りかかった時に良さそうな草履があったからちょっと覗いてみたそうなんです。そしたら、さっきいらした方がわざわざこのお屋敷まで来て、勧めてくるそうですよ」

「ということは、あの男はしょっちゅう来るのか」

「普段はひと月に一、二度ですけど、ここのところはもう少し頻繁に来ていますよ」

「そうか」

巳之助はそう答えながら、やはりあの夜に拾った袖香炉はお市のものではないかと思った。草履屋が出入りしているというのは、どうも気になる。さっきの商人の顔つきからしても、ただ草履を売りに来ただけとは思えない。

「あ、巳之助さん。このことは旦那さまには内緒にしておいてください」

「内緒に？」

「ええ、御新造に言われているんです。あまり贅沢出来ない身分なのに、草履屋なんかに入ったと知られたら、何と思われるかわからないからって」

「なるほど、わかった」

巳之助は頷き、

「御新造はいまいらっしゃるか」

と、きいた。

「ええ」

お歳は頷いた。

「話があるんだ。御新造に都合をきいてきてくれ」

「ちょっとお待ちください」

お歳は奥に行き、すぐに戻ってきた。

「居間にどうぞ」

お歳は巳之助を案内した。

「御新造、巳之助でございます」

巳之助は正座して、声を掛けた。

「どうなさったのです？」

お市は不思議そうに言い、巳之助を中に招いた。

巳之助はお市の前に座ってから、

「ちょっと、御新造にお届けものがありまして」

と、真面目な顔で言った。

「なんです？」

お市が不思議そうにきいた。

「『内海屋』の女中から、これを預かってきました」

巳之助は懐から拾った袖香炉を取って、差し出した。

お市は一瞬驚いたような顔をして、

「何です、これは？」

と、惚けたように見えた。

「多分、御新造のものだと女中に言われたので」

「いいえ、私のではありません」

「そうですか。御新造は『内海屋』に行かれたことは？」

「ありませんよ」

お市が首を横に振った。

巳之助は袖香炉を引っ込めたが、どうして否定するのだろうと疑問に思った。もう少し探ってみたいので、

「ちょっと、ついでにお伺いしてよろしいでしょうか」

と、続けた。

「何です？」

お市は警戒するような表情をした。

「実はあっしには好きな女がおりまして、何か贈り物をしたいと考えているのですが……」

巳之助はお市の顔色を窺いながら言った。

すると、お市は緊張が解けたかのように、柔らかい顔つきになり、

「なんだ、そういうことですか。それにしても、どうして私なんかに？」

「あまり、周りに相談出来る女がいませんので」

「お歳がいるじゃありませんか」

「いえ、お歳には……」

巳之助は曖昧な返事をした。

「ああ、ひょっとして」

お市は何かに感づいたように、納得して頷いた。

「そうね、簪《かんざし》とか喜ぶと思うけど」

「簪ですか。ただ、どういったものが好まれるのか」

「その子の好きな色だったり、柄は花だとか女らしいものが描かれているものを選ぶといいですよ」

「なるほど」

巳之助は感心したように言い、

「さっきの袖香炉なんかはどうですか」

と、きいた。

「袖香炉？」

お市の顔がまた曇った。

「よくないですか」

巳之助はきいた。

「いえ、そういうわけじゃないけど。ただ、袖香炉は誰もが持つわけじゃないから」

「あっしの好きな女はそういうのが好きだそうで。でも、そういうのにはとんと疎くて……」

巳之助が頭を掻きながら、

「御新造はどういうものを使ってらっしゃるのですか」

と、きいた。

「私ですか？　大したものじゃないけど」

「においはどんな感じのものなんですか」

巳之助はしつこくきいた。

「桂皮の甘い香りですよ」

「どういったところで買うのがよろしいですかね」

「須田町にいくつかそういうお店があるから、見てみるといいと思いますよ」

「じゃあ、行ってみます。ありがとうございます」

巳之助は深々と頭を下げた。

「気に入るのが見つかるといいわね」

「ええ。ところで、御新造は何かお困りのことはありませんか。あっしに出来ることであれば、何なりと」

「特にないですけど」

お市は不思議そうに巳之助の顔を見た。

「左様でございますか」

「何か気になるのですか」

お市が探るような目つきできく。

「いえ、そういうわけではないですが」

「もしかして、旦那さまに言われたのですか」

お市は険しい顔をして訊ねた。

やはり何かあると、巳之助は改めて思った。お市とは挨拶程度しか言葉を交わしたことはないが、実に正直というか、わかりやすい人だと、前々から感じていた。嬉しい時には、顔には出さないようにしていても、それが垣間見える。苛立っている時にも、平静を装っているがすぐにわかる。誠実で謙虚な斉木正之助とお市は、似合いの夫婦だ。

なので、この間、夜中に『内海屋』の塀の外で拾った袖香炉がお市のものではないかと思った時には、何とも言えない複雑な思いがした。

「実は、斉木さまが心配しているんでございます」

巳之助はお市ににじり寄り、斉木に頼まれたかのように声を潜めて言った。

お市は疑う様子もなく、

「心配?」

と、きいてきた。

「ここのところ金の入用が続いて、御新造に迷惑をかけているのではないかと感じているようです」

「旦那さまが……」

「ええ、それでこれもあっしに買い取ってくれないかと」

巳之助は自分の帯に手を触れた。

「確かに、心配している様子は伝わってきています。五両も出して頂いてありがとうございます。この帯を巳之助に売ると聞いた時には驚きました」

「どうしてですか」

巳之助がきいた。

「何でも、恩人とも言える方から頂いた大切なものだと聞きました」

「恩人ですか」

「ええ、そうなんです。その方の形見だそうです」

お市は小さく答えた。

巳之助は居間を見回した。元々、質素であまり家具を置いていないが、以前に比べてさらに物が少なくなった気がする。

「ところで、修繕の費用はどう工面されたのですか」

巳之助はきいた。

「どうして、そんなことをきくのですか」

お市は警戒するような険しい表情になった。

「いえ、ご無理なされているのではないかと思いまして」

「親戚から借りましたので」

「そうでしたか。もし、本当に手助け出来ることがあれば、遠慮なく仰ってください」

「ありがとうございます」

「そういえば、先ほど三十過ぎで、眉の太いきりっとした目つきの商人が屋敷から出てきたんですが、ご存知ですか」

巳之助は探りを入れた。

「出入りの商人でしょう」

お市はそう言って、話を打ち切った。

どうもあの男のことに触れられたくないようだ。巳之助は怪しいと思いながらも深入りはせずに、居間を後にした。

やはり、『内海屋』から借りたということは隠している。ただ借りているだけではなく、裏があるのではないか。女中頭が身近な女に手を付けると言っていたのを思い出した。もしかして、お市は金を借りる代わりに、体を差し出しているのではないか。

草履屋だという男は『内海屋』とも関係しているのではないか。なんとなく、そんな風に思えて仕方なかった。


斉木の屋敷を出た巳之助は一度日本橋久松町の長屋に帰り道具箱を置いてから、神田須田町の『内海屋』へ向かった。

しばらく、『内海屋』が見渡せる路地に立って様子を見ていた。

暮れ六つ（午後六時）の鐘が鳴ってすぐ、『内海屋』の正面に駕籠が停まった。

中から力士のような大きな腹の五十過ぎの男が出てきた。

「旦那さま、お帰りなさいませ」

店から出てきた何人かの奉公人が緊張した面持ちで頭を下げた。

この男が主人の佐源次だろう。

奉公人たちには何も言わずに店に入って行った。

それから、駕籠かきは店を離れた。巳之助はその者たちを付けて、少ししたところで、「ちょっと、すみません」と声を掛けた。

「へい、何でしょう」

駕籠かきのひとりが振り返って答える。

「さっき、『内海屋』の旦那を送ってこられましたよね」

巳之助はきいた。

「ええ」

「旦那はどちらに行ってらっしゃったのですか」

「池之端仲町《いけのはたなかちょう》ですよ」

「池之端？」

巳之助がきき返すと、

「お独り身ですし、まだまだお盛んなんでしょう」

もうひとりの駕籠かきが微かに笑いながら言った。

すぐに、出合茶屋だなと思った。出合茶屋は男女が密会する場所である。不忍池《しのばずのいけ》の周辺にも多くあり、御殿女中や武家の後家がよく使っていると聞く。

「今日のお相手はどんな方かご存知ですか」

「ちらっとしか見えなかったですけど、武家の妻女といった感じで良い女だったな」

駕籠かきは、にやついて言った。

「そうですか」

巳之助は頷いた。

「何か旦那のことで？」

駕籠かきが特に疑う様子もなく、きいてきた。

「いいえ、旦那はいつも行き先を告げずに出かけられるので、番頭さんにどこへ行っているのか駕籠かきにきいてこいと言われたんです」

巳之助はそう誤魔化して、駕籠かきと別れた。

お市もこういう感じで密会して、体で金を得ているのだろうか。

巳之助は斉木の実直な顔を思い出して、暗い気持ちになった。

二

もう日が暮れていた。九郎兵衛《くろべえ》が浅草田原町《たわらまち》にある長屋で刀を鞘から抜いて手入れをしていると、突然、腰高障子の向こうに細長い影が映り、

「三日月の旦那、入りますぜ」

という声と共に、半次《はんじ》が入ってきた。

半次は下駄を脱ぎ、部屋に上がってくる。

「何かわかったか」

九郎兵衛は刀を鞘に収めて、重たい声できいた。

半次には『筑波山祈禱団』のことを調べさせていた。誰が頭で、祈禱師が何人いて、どのような人たちが道場にやって来るのかなど、どんなことでも調べるように指示しておいた。その間、九郎兵衛は同朋町の殺しと、道場に通っていた菊田十四郎《きくたじゅうしろう》の妻、小千代《こちよ》の動向を調べていた。小千代はあれからも何度か道場に通っていた。

「ここ数日、道場に松園《しょうえん》の姿は見えません。やっぱり、あの殺された男が松園なん

でしょうね」

　半次の額から汗が落ちる。

「そうか。それより、ここまで走ってきたのか」

「ええ、ちょっと浪人者に気づかれて。捕まりそうになったのを、慌てて逃げてきたんです」

「浪人者？　どんな奴だ？」

「平目みたいな顔で、皺の多い男ですよ」

「あいつか」

「旦那、知っているんですか」

「木下《きのした》っていう奴だ」

　九郎兵衛は立ち上がり、表を確かめに行った。耳を澄ましても、誰かが息を殺している音は聞こえない。

　ほっとして、部屋に戻った。

「旦那、そこまで心配しなくても。あっしのこの足ですぜ」

　半次は得意げな顔をして、ぽんと太腿《ふともも》を叩いた。

「世の中にはお前より足の速い奴がいないとも限らねえ」

九郎兵衛は厳しい口調で言った。

「まあ、そうですが……」

半次は首をすくめ、しゅんとした。なかなか頼りになる男だが、すぐに調子に乗る癖がある。九郎兵衛のことは慕っているから、注意すれば聞く耳を持つが、他の者が何か言おうものなら、急に不機嫌になって言い返すだろう。怒りっぽいのが玉に瑕であるが、案外引きずらないであっさりとしているところは、いかにも江戸っ子という感じだ。

「で、どうやって調べたんだ」

九郎兵衛が改まった声できいた。

「作務衣を着た二十歳くらいの男がいたんで、そいつに道場で働かせてもらいたいって頼んだんです。そしたら、いまは誰も募っていないと言われたんですが、おだてたら色々と教えてくれましたよ」

半次が息を継いで、続けた。

「まず、祈禱師なんですが、松園の他にはふたりいます。慈恵《じけい》と吉林《きちりん》という名前で、

ふたりとも松園とは雰囲気の違う顔立ちですが、どちらも役者のような好い男です
ぜ」
「慈恵はこの間、見たから知っている。吉林というのはどういう男だ」
「四尺八寸（約百八十二センチメートル）くらいあって、体もがっちりとしていま
す。顔はふっくらしているんですが、きりっとした目で、火消しの頭のような威厳
のある感じです。あと、昨日初めて見たんですが、新しい祈禱師がいました」
「そいつはどんな感じの男だ」
「それが三津五郎《みつごろう》に似ているんですな」
三津五郎とは、九郎兵衛とも何度か手を組んだことのある男で、元々は顔が好い
ことを利用して金持ちの女に貢がせるような小悪党だ。ただ、仲間想いで、真っす
ぐな性格であるので、九郎兵衛も信頼できる相手だ。
「まあ、三津五郎がそんなところで働いているとは思えないですけどね」
半次が呟き、それから続けた。
「その下に、祈禱師じゃねえんですが、十人くらい手伝いをしている者たちがいま
す。全員を見たわけじゃねえんで、はっきりとした数は言えませんが。その者たち

も、四人には劣りますが、まあ女好きのしそうな奴らです」

「手伝いの者はどういうことをするんだ」

「街中で旗を持って宣伝したり、道場に来る客の応対です。あと、他にも何かしているんでしょうが、そこまではまだわかっていねえんで」

半次は申し訳なさそうに頭を下げた。

「金の僧正帽を被った男がいただろう」

「ええ、偉そうな感じの奴ですね」

「あいつは何なんだ?」

「表向きは大僧正ということなんですが、祈禱師たちは裏ではおやっさんと呼んでいるんです」

「おやっさん?」

「何なんでしょうね。でも、どこかで見たことのある顔なんです。それが思い出せないんですが……」

半次が首を傾げた。

「まあ、いい。後は?」

九郎兵衛がきいた。

「道場に頻繁に出入りしている商人がいるんです。三十過ぎの目つきの鋭い男です」

「その男は何者だ」

「そこまではわかりませんでした。ただ、大僧正と呼ばれる金の僧正帽を被った長い顎鬚の男と奥の部屋でこそこそ喋っていました」

「ふたりの話は聞かなかったのか」

「聞こえませんでした。でも、作務衣の男が言うには、藤村《ふじむら》という武士からの指示を伝えに来たそうです」

「藤村？」

「ええ、小石川に住んでいるそうで。下の名前や役職などは全くわからないのですが」

「もしかしたら、その藤村が裏で祈禱団を操っているのかもしれないな」

九郎兵衛は考えるようにして言い、

「藤村のことは、皆が知っているのか？」

と、確かめた。

「ええ、道場の者は知っているそうです」

「なるほど」

九郎兵衛の頭の中で、様々な考えが巡っていた。

「あの祈禱団は思ったより大がかりだな」

九郎兵衛はそう言いながら立ち上がり、台所から酒と猪口を持ってきて、ふたりで呑《の》み始めた。

「三津五郎と小春《こはる》に話を持ち掛けよう。そういえば、小春とはどうなっているんだ？」

九郎兵衛は猪口を口に持って行きながらきいた。

小春も、九郎兵衛たちと何度か組んだことのある女掏摸《すり》で、元々は三津五郎に惚れていた。だが、いまは半次に好意を寄せているようだ。

「いや、全然」

半次は吐き捨てるように言う。

「何があった？」

「まあ、元々何もねえんですが、些細なことで言い争いになってから会っていないんです」

「些細なことって？」

「一緒に奥山に行った時、旅芝居が来ていたんで観たいって言ったんですけど、あいつは嫌だって言うんです」

「なんだ、そんなことか」

「ええ、くだらねえことなんですけど。あいつのやだっていう言い方が気に入らなくて」

半次はぐっと酒を喉に流し込んだ。

「そういう時は、お前が折れるんだな」

「あっしが？　冗談じゃありませんよ」

「嫌か？　好きな女のことじゃねえか」

九郎兵衛がからかうように言う。

「旦那、勘違いしてもらっちゃ困りますぜ」

半次は苦笑いする。

「逆に何でそんなに芝居が観たかったんだ」

「一年ちょっと前に奥山で観た芝居が男女の道行きもので、それと同じ演目だったんで、小春にも見せたかったんです」

「同じ一座か？」

「いえ、違います。あっしの観たのは、確か大河原長五郎《おおがわらちょうごろう》一座です」

「違う一座だったら別に観なくてもいいだろう」

「そうじゃねえんです。あの演目がよかったんです。多分、あの芝居を小春が観たら泣くんじゃねえかと思ったんです。小春の涙も見たいと思って」

「そうか。お前にもそういうところがあるんだな」

九郎兵衛は意外に思いながら言い、

「最後に小春と会ったのはいつだ」

と、きいた。

「ふた月くらい前ですかね」

「それじゃ、もう小春も怒っていないだろう」

「そうですかね？」

「むしろ、喧嘩したことを後悔しているに違いない」

九郎兵衛は決めつけた。

「さすがに、それはないでしょう」

半次は首を傾げる。

「いや、ふたりとも正直じゃねえから」

九郎兵衛は笑って言った。半次は「そんなことはねえんですが」と小さな声で反論していた。

「ともかく、三津五郎と小春もいれば、『筑波山祈禱団』をもっと深く調べられる」

九郎兵衛は手酌で酒を呑みながら真剣な目をした。

「あと、巳之助もいれば……」

半次がしみじみと言った。この間、巳之助と会った時に、組む気はないと言われたことは、半次に伝えてある。

「あいつはもう当てに出来ないな」

ふたりは腕を組み、難しい顔をしながら、策を練りだした。

翌日の朝、九郎兵衛は昨夜泊まっていった半次と一緒に田原町の長屋を出た。風が強い。まだ冬の初めだが、芯から冷える。

九郎兵衛が三津五郎、半次が小春に誘いの話を持っていく案を立てていたが、半次がどうしても小春と話したくないと言い張った。

仕方なく、九郎兵衛が小春の元へ話を持って行くことにした。

小春は小梅村に住んでいる。そこは元々、小春の師匠だった掏摸の住まいで、小春が継いでいる。一緒に悪事を働いた時には、小梅村で集まって計画を立てていたものだ。

長屋を出て、雷門の前の大通りで左右に分かれ、九郎兵衛は大川（隅田川）に向かって真っすぐ歩き出した。

吾妻橋《あずま》を渡り、肥後新田《しんでん》藩下屋敷、福井藩下屋敷の横を通り、源森橋《げんもり》を渡り、水戸藩下屋敷の裏手に回ると、小梅村だ。

田原町を出てから、四半刻（三十分）ほど経っていた。

見渡す限り、田圃《たんぼ》が広がっていて、百姓家がまばらに建っているだけの閑散とした場所だ。九郎兵衛は小さな池の前にある水車のある小屋へ行った。

「九郎兵衛だ。小春、いるか」

と言い、戸を叩いた。

すると、中から物音がして、すぐに小春が戸を開けた。

「あら、三日月の旦那。お久しぶりね」

二十代後半だが、まるで十七、八のように綺麗な肌で、妙に色っぽい顔つきだ。

これでもって、凄腕の女掏摸だ。半次が惚れるのも無理はない。

「実はお前さんにいい話を持ってきた」

「いい話って、儲け話？」

「そうだ」

「じゃあ、入って」

小春が中に招いた。

九郎兵衛は小屋に入り、部屋に上がった。真ん中に大きめの火鉢があり、その前に腰を下ろした。

「『筑波山祈禱団』って知ってるか」

九郎兵衛は小春が座るのを待ってから訊ねた。

「たまに街中で旗を持った人たちを見かけるわね。何でも二枚目の祈禱師がいるって噂だけど」

「そうだ。そいつらに色々裏がある」

九郎兵衛は単刀直入に言った。

「色仕掛けで金持ちの女から金を巻き上げているとでもいうの？」

小春は鋭い口調で言った。

「さすが、話が早いな」

九郎兵衛は感心した。

「それくらい誰だって考えつくわよ。でも、私はそんなのに関わりたくないわ」

小春は思いのほか、難色を示した。

「どうしてだ」

「だって、祈禱師に歯向かうのって恐いじゃない」

「恐い？」

「罰《ばち》が当たりそうで……」

「まさか、お前が信心深いとは思わなかったな」

「だって」

小春が不服そうに言う。

「あいつらは筑波山で修行を積んだとかほざいているが、嘘に決まっている。俺が下谷茅町《したやかやちょう》にある道場に忍び込んで、祈禱しているところを見てきたんだ。思っていた通り、女を裸にして……」

九郎兵衛はそう言って、腰から煙管《キセル》を取り出した。

「じゃあ、いかさまなのね」

「そうだ」

「だとしても、そいつらからどうやって金を巻き上げるつもりなの？」

「脅せばいいだけだ」

「素直に金を払うかしら」

「実は奴らはもっと大変なことをやっているんだ」

九郎兵衛は莨《タバコ》を詰めた煙管を火鉢に近づけ、煙を吹かした。

「大変なことって？」

小春が前かがみになってきいた。

「この間の神田同朋町の殺しを知ってるか」

「ええ、顔を滅茶苦茶に潰されていたっていう……」

「あの死体は『筑波山祈禱団』の祈禱師のひとりで松園という奴だ」

「えっ、それは確かなの？」

「ああ、殺しがあった夜に松園が若党風の男と神田明神へ行くのを見た。それに、松園はあれから道場にも姿を現していない」

「まだ町方の方でも、死体の身元はわかっていないんじゃなかったっけ？」

「そうみたいだ。だから、ちょうどいい」

九郎兵衛は声を弾ませて言った。

「松園といた若党風の男って誰なの？」

「さあな」

九郎兵衛は首を傾げ、

「だが、後々考えてみたんだが、どこかで見たような気がしたんだ」

と、呟いた。

「どこかで？　思い出せないの？」

「ああ」

九郎兵衛は頷く。

「旦那は、どういう訳で松園が殺されたと考えているの？」

小春が興味深そうにきく。

「仲間割れか、松園が相手の女に惚《ほ》れて抜け出そうとしたんじゃないかと思う」

「道場に通っていた女が若党風の男に頼んで殺してもらったっていうことも考えられない？」

小春がきいた。

「そういうことも考えられるが、やっぱり祈禱団だ」

九郎兵衛は即座に答えた。

「どうして？」

「松園が夜中に知らない男に付いて行くとは思えない。付いて行くとしたら、何かしらの訳があるだろうが……」

「訳って？」

「いずれにしても、『筑波山祈禱団』が殺しに関わっているに違いない。それを暴いて脅せば、金になる」

九郎兵衛が強い口調で言った。

「確かに、そうね……」

小春が考えるように顎に手を遣った。

しばらく待ってから、

「いま、あいつらを仕切っているのが藤村という武士だ」

と、九郎兵衛は話した。

「武士が？　どうしてなのかしら」

「ただの金目当てだろう。あいつらは稼ぎがなくて大変だろうから」

九郎兵衛は自分が仕官していた時のことを思い出して決めつけ、

「松園を殺したのは、藤村に仕えている若党かもしれない」

と、言った。

「相手が武士だと、下手な真似をしたら斬り捨てられるかもしれないわ」

小春が怖気《おじけ》づいたように不安を口にする。

「俺の腕を見くびるんじゃねえ」

九郎兵衛はむっとした。

「そういうわけじゃないけど……」

いつもは思い立ったら、あまり深く考えない性格なのに、今日は珍しく優柔不断だ。何か訳があるのだろうと九郎兵衛は頭の隅で思いつつ、

「いつもの面子《メンツ》で動いたら、恐いものはないだろう？」

と、言った。

「半次もいるの？」

小春は眉間に皺を寄せた。

「どうした、そんな顔をして」

九郎兵衛が首を傾げる。

「あいつとは口を利きたくないの……」

小春は拗ねるように言った。

「奥山で喧嘩したらしいな」

「………」

「もうふた月も前のことだ」

「でも……」

「あいつも、後悔している」

九郎兵衛は出まかせを言った。すると、小春は意外そうな顔をした。

そこを逃さず、

「謝りたいとも言っていたぞ」

と、付け加えた。

「あの半次が？」

小春がきき返す。

「そうだ。どうせ、芝居小屋に入るかどうかのつまらねえ喧嘩だ。いつまでも長引かせるんじゃねえ」

九郎兵衛が軽く叱りつけるように言った。

小春は顔を背け、思案顔をした。九郎兵衛はそれから、『筑波山祈禱団』には祈禱師が三人いて、手伝いが十人ほどいることなどを語り、

「さあ、早くいい返事を聞かせてくれ」

と、急かした。

小春は観念したような顔をして、

「で、私は何をすればいいの？」

と、前のめりになってきいた。

「道場に祈禱を受けに行って、中の様子を探ってきてくれ」

「三津五郎さんは？」

「いま、半次が探しに行っている」

「じゃあ、巳之助さんは？」

「まだ決まっていない」

九郎兵衛が口から出まかせを言うと、小春は訝し気な目を向けてきた。

「ねえ」

小春が改まって、声を掛けてくる。

「なんだ？」

「もしかして、巳之助さんにはこの話、断られたんじゃないの？」

小春が鋭い声で言った。

「どうしてそう思う？」

九郎兵衛はきいた。

「だって、巳之助さんがやることは決まっていないなんて変よ。どうなの？」

小春が問い詰めてきた。

九郎兵衛は一瞬躊躇《ためら》いながらも、

「まあ、そうだ」

と、頷いた。

「やっぱり……」

小春がため息をつく。

「巳之助には俺たちと組む気はない。あいつはそういう奴だ。いまさらやめるなんて言わねえだろう？」

九郎兵衛が睨みつけるように小春を見た。

「まあ、一度乗りかかった船だもの」

小春は諦めるように言った。

「そうか。今度半次たちと一緒にここに来る」

九郎兵衛はそう伝え、小屋を後にした。

それから一刻（二時間）後のことであった。

九郎兵衛が田原町の長屋に帰ってくると、半次が待っていた。湯呑と徳利が置いてあり、勝手に酒を呑んでいた。

「旦那、すまねえ」

「いや、いいんだ。それより、三津五郎は？」

九郎兵衛はきいた。

「それが元黒門町《もとくろもんちょう》の長屋にいなかったんですよ。隣に住む男にきいても、近ごろ帰ってこないって」

「どうしたんだ」

「三津五郎のことだから、また女のところに入り浸っているんじゃねえかと思います」

「しょうがねえな」

九郎兵衛は舌打ちした。

「三津五郎のことは仕方ない。やっぱり、巳之助がいたらな……」

「あっしでは天井裏や床下に潜り込んで、内部の様子を探ることは出来ません。巳之助がいてくれたら、どんなに助かることか……」

半次が縋《すが》るような顔をした。

「あいつのことだから、どうしても俺たちと手を組む理由がないといけねえ」

九郎兵衛が諦めたように言った。

「ところで、旦那。この間、あっしが道場で出くわして追い掛けてきた浪人は木下って言ってましたよね」

「ああ、そうだ。俺の昔の知り合いだ」

「祈禱団のことを調べているんですかね」

「そのようだ。あいつに先を越されないように注意しないといけねえ」

ふたりはそんなことを言いながら、酒を酌み交わし、作戦を練った。

次の日、重たい朝の北風を受けながら、九郎兵衛は元黒門町の二階家にやって来た。

正面の戸口から入り、

「失礼するぞ」

と、声を掛ける。

廊下の奥から下男が出てきた。

「何でしょう?」

「松永《まつなが》九郎兵衛という者だ。太吉《たきち》はいるか」

「はい、奥で書き物をしています」

「三津五郎のことで話があると言ってくれ」

「へい」

下男は奥へ下がって行った。

太吉というのは、三津五郎が住んでいる裏長屋の大家である。

すぐに、六十過ぎの白髪頭の痩せた男がやって来た。なかなか品の良さそうな顔立ちで、物腰も柔らかだ。三津五郎が以前に、優しい大家だと言っていた。

「どうも、大家の太吉でございます。三津五郎のことで……」

「そうだ。ここのところ三津五郎が長屋に帰ってきていないようだが」

「そうなんです。あいつのことなんで、ふらっと出かけて数日帰ってこなかったり、女のところに入り浸っていたりするのはよくあるのですが、神田同朋町で殺しがあったっていうんで、まさか三津五郎じゃないだろうなと心配しているんです」

もし、三津五郎が何かをやらかしたら、連座制で大家にだって責任がある。だから、三津五郎が長屋に帰っていないのを心配するのは当たり前だ。

「あの仏は三津五郎じゃない」

九郎兵衛は安心させるように言った。

「本当ですか」

太吉が確かめる。

「ああ、俺はあの死体を見たが、体つきが三津五郎じゃない」

「そうですか。ああ、よかった」

大家はほっとしたようにため息をついた。

「だとしたら、一体どこに……」

「それをききに来たんだ。どこでもいいから、心当たりがないか」

「どうでしょう。女のところですかね。でも、ここふた月くらいは女遊びをしていないようなことを言っていましたけど」

「そうか。三津五郎がいなくなる前に、誰か三津五郎を訪ねてこなかったか」

九郎兵衛はきいた。

「あ、そういえば」

太吉は思い出したように声を上げて、

「三十過ぎの商人風の男が三津五郎の家を訪ねてきたんです。たまたま三津五郎の二軒隣の店子《たなこ》に家賃を貰いに行く時に見ました」

と、話した。

「その商人は何の用で来たんだ」

「さあ、それがわからないのですが、三津五郎とはそれほど親しい間柄でもなさそうでした。でも、そのあと、三津五郎はその商人と一緒に出かけて行きました。それ以外は見ていないですね」

「そうか。その商人はどんな顔だった」

「彫りが深くて、濃い顔でしたね。ちょっと目つきが鋭くて、何の商いをしているのだろうという感じです」

九郎兵衛は太吉にいくつか質問してから、その場を後にした。

晴れているのか曇っているのかわからない空模様の下、九郎兵衛は次はどうしようかと考えながら歩いた。

三

重たい雲が江戸一帯を覆っている。

いま巳之助のいる芝金杉通《かなすぎどおり》は雨が止んでいるが、さっきまでは降っていて、道がぬかるんでいた。そのせいで、ぐっと寒くなった。さらに、東の方にはさっきと違う怪しい雲が現れている。風の吹く方角からして、こっちも再び雨になりそうだ。早いところ用事を済ませようと、巳之助は急いだ。

それから、ほんの少ししか経たないうちに、巳之助は『向沢《むかいざわ》診療所』という看板が掲げられている表店《おもてだな》を見つけた。随分と年季の入った建物で、築百年近く経っているだろう。

戸が開いているので、足を踏み入れると、ほのかに薬のにおいが漂ってきた。入り口近くには誰もいない。襖が開いていて、二間の部屋が見渡せる。奥の部屋で長火鉢に当たりながら、三十代半ばくらいの真面目そうな男が薬を煎じているのが見えた。

「すみません」

巳之助は土間から声を掛けた。

すると、男は手を止め、

「はい、はい」

と言いながら立ち上がり、こっちに向かってきた。

背が高く、すらっとした細身で、女のようにきめの細かい肌だった。

「向沢玄洋《げんよう》先生ですか」

巳之助が確かめた。

「そうだが。あなたは？」

玄洋が頷く。顔に似合わず、声が太い。しかし、落ち着きのある喋り方や仕草などが、お市にどことなく似ていた。

「斉木正之助さまの元からやって参りました」

巳之助はそう告げた。

「義兄上《あにうえ》のところから。わざわざ大変だっただろう。こっちへ上がりなさい」

玄洋に言われて、巳之助は履物を脱いで上がった。

それから、玄洋がさっきいた奥の部屋に通された。長火鉢の前に腰を下ろすと、
玄洋は生薬を端の方に置いた。

「お仕事の途中でお邪魔して申し訳ございません」

巳之助は詫びを入れた。

「いや、いいんだ。いま往診から帰ってきたところだ。これから自分の薬でも作ろうと思っていただけだ」

「ご自身の？　どこか悪いんですか」

「ちょっと、痞《つか》えがあるんだ」

「大丈夫ですか」

「もう慣れているから心配はいらん。こういう天気の悪い日や、疲れが溜まったりするとよく起こるんだ。それに、祖父も父も同じ症状があって、代々受け継がれているんだ」

玄洋は笑いながら答え、

「それよりどんな用かな」

と、きいてきた。

「玄洋先生にお礼を申し上げに参りました」

巳之助は大仰に言った。斉木の言うように、玄洋には姉のお市に大金を渡すほどの余裕はなさそうだ。だが、そのことを確かめなければならない。ただ、いきなり金を渡しているかどうかを訊ねるのは不躾だから、まずこうするようにと斉木が考えた。

「はて、私が何かしたかな」

玄洋は不思議そうな顔をする。

「援助してくださっているとお伺いしましたが」

「援助？」

「この間の嵐で屋敷の一部が損壊してしまい、修繕費を御新造にいくらか渡してくださったと」

「いや、私は何もしておらんけどな……」

玄洋が困ったように首を傾げた。

「え？　本当でございますか」

巳之助はわざと驚いた。

「義兄上は私が援助したと言っているのか」

玄洋が眉間に皺を寄せてきいた。

「いえ、もしかしたら、斉木さまの勘違いかもしれません。御新造がお金を工面しているそうでして、もしかしたら、玄洋先生なのではと」

「いや、私ではない」

玄洋は否定してから、

「見ての通り、そんなに金銭に余裕があるわけでもない。それに、患者のことで手一杯で、つい……」

と、苦笑いした。

斉木から聞いたところによると、玄洋はとにかく患者を第一に考え、町人や下級武士を相手に診療を施している。貧しい者からは診察料を取らないことも珍しくなく、金のある者にも莫大な額を請求するようなことはないそうだ。

そのような人徳があり、患者からも慕われている医者なので、金の余裕がないというのは納得がいく。

「そうでございますか。では、御新造はどこで金の工面をしているのでしょう」

巳之助は呟いた。

「姉上は私と違って顔が広いからな。金持ちの知り合いに頼っているのかもしれない」

「なるほど。ちなみに、大変失礼なことをお訊ねするようですが、他にご親族はいらっしゃらないのですか」

巳之助は相手の顔色を窺いながらきいた。

「おらんな。両親は共に亡くなっているし、もちろん祖父母もいない。強いて言えば、母方の遠い親戚で、薩摩藩に勤めている者がいるが……」

「そのお方は江戸詰めなのですか」

「いや、ずっと薩摩にいるそうだ」

玄洋は答えた。

もし江戸にいるようであれば、その者に頼んだということも考えられなくはない。

しかし、薩摩にいてはどうにも出来ない。

「そういえば、玄洋先生は元々お武家さまですが、どこかに仕官しようと思われなかったのですか」

巳之助は、ふと疑問に思ってきいた。

「いや、武士は色々としがらみがあるし、私にはそっちの道は向いていない。勘定方の役人だった父を見ていて、昔から武士は大変だと思っていたし、ああいうことになってからは余計になりたいと思わないな」

玄洋は遠い目をした。

「ああいうこと？」

「…………」

玄洋は何も答えず、苦笑いした。気分を害している様子は全くなかったが、これ以上深くきける雰囲気でもない。

「まあ、義兄上に今度ゆっくりお話ししたいと伝えてくれ。あと、見舞いが出来ずに申し訳ないということも」

玄洋は話を逸らした。

「へい」

巳之助は『向沢診療所』を後にした。

同じ日の夜五つ（午後八時）過ぎ、夕方のひどい雨は弱まったが、まだ小雨が降っていた。巳之助は中の様子を窺ってから塀を乗り越えて、『内海屋』の母屋の床下に潜り込んだ。

床上から色々と声が聞こえてくる。この広い商家の内側に入ったことはなかった。だが、いままで盗みに入ってきた中で培った勘で、物置部屋の場所を探り当て、床板を外して上がった。そこから、柱を伝って天井裏に入る。

巳之助は足音を消して、速やかに天井裏を回った。

四半刻（三十分）もしないうちに、

「酒だ。酒を持ってこい」

という野太い声が聞こえた。

「はい、ただいま」

と若い女の声がする。

巳之助は板を外そうと思ったが、板が二重になっており、下の板はしっかりと固定されていた。

ひとまず、その場を離れた。

他の部屋の天井裏の板は簡単に外れる。あの部屋は旦那の佐源次の部屋に違いない。

巳之助は誰もいない部屋に下り立ち、息を潜めて廊下に出た。

廊下の端々にはぼんやりと灯りが点っているが、遠くからだと影は見えても誰だかわからないだろう。

すぐ目の前には広い中庭が見えた。池や茶室まで拵《こしら》えてある。さっき、佐源次の声がしたのは茶室の近くの部屋だ。廊下側の襖はなぜか開けっ放しになっていた。

巳之助は中庭に出て、岩や木の陰に身を潜めながら茶室の方へ近づいた。

茶室の裏側で止まり、母屋の部屋の様子を窺う。

金を下地にした四季花鳥図の襖絵で四方を囲まれており、格天井《ごうてんじょう》の区切られた一つひとつには花の絵が描かれている。

中庭から差し込む月明かりが金の襖に反射して、煌びやかに光る。

その部屋で落ち着きなく、立ち上がったり座ったりする佐源次の姿が見えた。

しばらくすると、若い女中が三合徳利を盆に載せてやって来た。頭を下げて、部屋に入り、佐源次の前に置く。元々置いてあった徳利を手にすると、

「番頭を呼べ」

佐源次が怒鳴りつけた。

「はい」

女中は畏縮しながら部屋を去った。

それからすぐに番頭が小走りで佐源次の部屋に駆け付け、襖を閉めた。

巳之助は素早く床下に潜り込んだ。

頭上から、

「どうなってる」

と、佐源次の不機嫌そうな声が聞こえる。

巳之助は耳を澄ましながら、佐源次のいる部屋の隣の部屋の位置まで這《は》いつくばって移動した。

「いえ、それが私にもよくわかりませんで……」

「ちゃんと手配はしたのか」

「ええ」

「なのに、なぜ女が来なかったんだ」

佐源次が声を荒らげている。

巳之助は音を立てないように、ゆっくりと床板を上げた。真っ暗な部屋に上がり、手探りで襖を探す。そして、ほんの少しだけ開けた。

そこから灯りが差し込み、番頭が佐源次に向かって深々と頭を下げているのが見える。

「今までこんなことはなかった。お前を信用して全てを任せているのに、このざまは何だ」

佐源次は畳を思い切り叩いた。

「はい……」

番頭は返す言葉がないようで、ただただ頭を下げる。

「この間、遣いが来た時に何と言われたんだ」

佐源次がきいた。

「先ほども申しましたように、本日の昼八つ（午後二時）、池之端の出合茶屋に近《ちか》田新右衛門《だしんえもん》さまの御新造が参ることとなっておりました」

　番頭が言葉を返す。

「いままで一度たりとも遅れて来たことはない。ましてや来ないなんてことは。お前の聞き間違いに違いない」

　佐源次が責め立てた。

「いいえ、確かに本日の八つとのことでした。向こうに手違いがあったとしか思えません」

　番頭は必死に説明した。

「そうか……」

　佐源次は遠い目をしながら、考え込む。

「もういい。おこんを呼べ」

　佐源次が言い付けると、番頭はすぐに部屋を去って行った。

　それから、いつも鋳掛を頼んでくる少しふっくらとした女中頭がやって来た。

「閉めろ」

　佐源次がおこんに命じて、襖が閉まった。

「お前ともしばらくだな」

佐源次がぼそっと呟く。

「毎日会っているじゃないですか」

おこんは、目を逸らして答える。

「そうじゃない。ここのところ、お前とは何もないな」

「急に変なことを言うのは、止《よ》してください」

おこんの困惑した声が聞こえる。

「久々にお前が恋しくなったんだ」

「どうしたんです？　かなり酔われているのですか。ひょっとして、女に振られましたか」

「何の話だ」

「だって、番頭さんが仲立ちしているんでしょう」

「そんなんじゃない」

佐源次は否定した。

「時たま来る武家の妻女は何なのですか」

「あれは、前にも言ったように金を借りに来ているだけだ」

「そういうことを利用して、手を付けようとしているんじゃないですか」

「そんなことはない」

佐源次は再び否定した。

「私に興味を示さなくなったのは、旦那さまではありませんか。散々言い寄ってきながら」

おこんがどこか恨むように言う。

「昔のことを引きずるな」

佐源次が怒る風でもなく答える。

「どうせ誘うなら、若い女中に手を出しては如何《いかが》です？」

「いや、あいつらは駄目だ」

「なぜです」

「そういうことをすると、すぐに辞めてしまう。前にもお富士《ふじ》というのがいたが、あれもわしが手を出して、しばらくして急にいなくなった」

「…………」

「どこかでわしの悪口を言っていないといいが……」

「それは大丈夫ですよ」

「え？」

「旦那さまの悪口を言うようなことは決してございません」

おこんの冷静な声が聞こえる。

「どうして、そんな呑気《のんき》なことを言えるんだ」

「私にはわかりますから。それに、そんなことをしたら、私が許しません」

おこんがそう言ったあと、しばらく間があってから、

「もしかして、お前がお富士を辞めさせたのか」

と、佐源次が驚いたように声を上げた。

「いいえ……」

「お前なんだな」

「…………」

「どうして、そんなことを」

「あの娘の為にならないですから」

おこんは吐き捨てるように言った。

「嫉妬したんだな」

「違いますよ」

「いい歳して」

佐源次が軽蔑気味に言う。

「ですから、そんなんじゃございません」

おこんは否定する。

「まさか、そこまで落ちぶれているとは思わなかった」

佐源次の声に怒りが宿る。

「旦那さまのせいですよ」

おこんが急に感情を昂らせた。

「何だと？」

「旦那さまを信じた私が馬鹿でした。好きだと言われて、簡単に信じるなんて」

「…………」

「私の気持ちも知らないで。旦那さまに見捨てられて、ここを辞めたかったのです。

それなのに、他に行く当てはないし、かつて好きだと言ってくれた旦那さまの傍にいなければならない私の苦しみがわかりますか」

おこんの声が響く。

ややあってから、

「すまなかった」

と、佐源次が小さな声で謝った。

「えっ……」

おこんが意外そうに反応する。

「すまなかったと言っているんだ。許せ」

そこから会話はなくなって、衣擦れの音がするだけだった。

巳之助はその場を立ち去り、帰り際に蔵で五十両ほど盗んでから、『内海屋』を出た。

四

翌日の朝、昨日のようなどんよりとした空模様で、北風が強く吹く。道行く人々は背を丸めながら歩いている。巳之助は日本橋久松町の長屋を出てから、神田の町々を回り、須田町の裏路地にやって来た。

昨日、佐源次の言っていたことが気に掛かる。

近田新右衛門の御新造が池之端の出合茶屋に来る手筈となっていた。

御新造というくらいだから、御家人の妻であろう。斉木正之助も御家人である。昨日の佐源次の様子からして、明らかに、佐源次に体を売っている。ということは、やはりお市が金を工面したのもそういうことなのだろうか。

それにしても、佐源次は御家人の妻女を自分のものにしたいのだろうか。御家人の妻であれば、暮らし向きは苦しいだろうから、金が欲しいと思うのかもしれない。

そうだとして、佐源次と御家人の妻はどのようにして会っているのだろう。昨日の番頭との話では、誰か仲介してくれる者がいるようであった。

そんなことを思いながら、

「いかけえ」

と声を掛けていると、『内海屋』の裏口から女中頭のおこんが出てきた。

「あ、よかった。昨日、急須が欠けてしまって。こういうのでも直してくれるかしら」

おこんは茶色い土もの急須と破片を巳之助に差し出した。

「へい、お安い御用で」

巳之助は道具箱を下ろして、それらを受け取った。焼き継ぎも得意としていて、よく頼まれることから、焼き継ぎには欠かせない白玉粉を常に道具箱に忍ばせてある。白玉粉とは、食用のものではなく、鉛ガラスを粉末にしたものである。巳之助は焼き継ぎもすることから、焼き継ぎ屋からは目の敵にされることもある。

道具箱の中からふいごと白玉粉を取り出した。

「この間は旦那さまのことを色々と仰っていましたが、あれから大丈夫ですか」

巳之助は白玉粉を急須の割れ口に塗布しながらきいた。

「うん、何だかんだ言っても、良い旦那さまよ」

おこんが照れたように笑いながら答える。

いままで文句を言っていたのは、旦那のことを好きな裏返しだったのだと気が付いた。

巳之助はふいごで火を起こし、白玉粉を溶かして破片を接着させた。

「これでしばらく冷まして、あとは継ぎ目に急須と同じ色を塗るだけですが、ちょっと茶色い塗料があるかどうか……」

巳之助は道具箱を探った。

「これは私が使うものだから、色なんか変わっていても平気よ。だから、このままでも」

おこんが笑って答える。

「そうですか。なんか今日はいつもと雰囲気が違いますね」

巳之助が探るように言った。

「そうかしら？」

おこんが首を傾げる。

「何かいいことでもありました？」

「え？　いいこと？」

おこんが惚けるようにきき返しながら、

「まあ、色々とね。ところで、おいくら？」

と、はぐらかした。

巳之助はおこんに代金を伝え、勘定を終えると、『内海屋』を一周して様子を探ってから、淡路坂《あわじざか》にある斉木正之助の屋敷の方へ足を向けて歩き出した。

斉木には何と説明しようか、まだ決めかねていた。『内海屋』で金の工面をしているかもしれないと告げれば、斉木に心配をかけるのではないだろうか。

お市も近田新右衛門の妻のように、池之端の出合茶屋で佐源次と密会しているかもしれない。ということは、佐源次に体を差し出して、その見返りに金を貰っているということかもしれないと疑ってしまう。もしそうだとしたら、お市は御家のために身を削っているとしても、斉木は苦しむだろう。

そんなことを考えていると、いつの間にか淡路坂の屋敷に着いた。いつものように勝手口から入った。台所には誰もいなかったので、呼ぶと女中のお歳が出てきた。

「斉木さまはいらっしゃるかい」

「はい、奥の部屋に」

「そうか。じゃあ、失礼するよ」

巳之助は履物を脱いで上がり、

「ところで、御新造は？」

と、訊ねた。

「言いにくいのですが、今日も金を融通してもらいに行くとのことで」

お歳は答えた。巳之助からしてみれば、お市が屋敷にいなければ、斉木と話しやすい。

巳之助はひとりで奥の部屋に行き、

「失礼致します」

と、廊下から声を掛けた。

斉木は正座して書物を読んでいたが、すぐに閉じて顔を向けた。

「入ってくれ。何かわかったか」

巳之助は部屋に入り、襖をきっちりと閉めてから斉木の前に座った。

「『向沢診療所』へ行って参りました」

「うむ、どうだった？」

「やはり、玄洋先生が金の都合をしていました」

巳之助は嘘を吐いた。

「なに、それならそうと言えばよいのに」

斉木は心なしか安心するような顔になってから、

「それより、玄洋のところへ行って確かめただけにしては、随分と長く掛かったな」

と、きいてきた。

「玄洋先生があっしを怪しんで、教えてくれなかったんです」

巳之助は咄嗟に誤魔化した。

「そうか」

斉木は疑いを持つ様子もなく、深く頷いた。

「まだ、何か調べることはございますか」

巳之助はきいた。

「いや、特にない」

斉木は首を横に振る。

とりあえず、一件落着だが、巳之助の心の中では、お市が内海屋佐源次と密会しているのではないかという疑念が拭えない。金のためだ。

「ところで、近田新右衛門さまという方をご存知でしょうか」

巳之助はきいた。

「ああ、近田殿は勘定奉行勝手方の役人だ」

「勘定……」

巳之助はその言葉に引っ掛かった。確か、玄洋と話していた時に、父親が勘定方の役人だったと言っていた気がした。

「近田殿がどうかしたのか？」

「いえ、この間、知り合いの鋳掛屋が近田さまの女中に頼まれた鍋の修理でヘマをしたそうでして、それで近田さまのお屋敷の前を通るのが恐いと言っていましたので、ふと気になっただけです」

「確かに、あの方は細かいことを気にする性格だ。それに、普段無口なのに怒ると恐い。鋳掛屋が憚るのも無理はない」

「お屋敷はどちらでしたでしょうか？」

「本郷だった気がする。真光寺《しんこうじ》の裏手の屋敷だ」

「そうですか」

巳之助はそれだけ聞くと、斉木に別れを告げて、屋敷を後にした。

淡路坂を下り、神田川に架かる昌平橋《しょうへい》を渡り、湯島を上って本郷に向かった。本郷三丁目を過ぎてから大通りを左に曲がると、真光寺が見えてくる。この一帯が門前町で、巳之助は真光寺の裏手の武家屋敷を回った。

「いかけえ」と声を掛けながら歩き、何人かに鍋、やかん、包丁の直しを頼まれた。

その者たちにさりげなく近田新右衛門のことをきいて、近田の屋敷に辿り着いた。

巳之助は裏口から入り、

「すみません」

と、声を掛けた。

「はーい」

甲高い声の女中が出てきた。

「どちらさまでしょう？」

「鋳掛屋の巳之助と申します。御新造はいらっしゃいますか」

「いえ、いま出かけておりますが」

「そうですか」

「どんなご用でしょうか？」

　女中がきいてきた。

「この間、池之端でこちらの御新造が落とし物をされたので、届けに参ったのです」

　巳之助は先ほどから考えていた嘘を話した。

「池之端？　最近、そんなところに出かけてはいないのですが」

「え？　こちらの御新造だと思ったのですが」

「ちなみに、何を落とされたのでしょうか」

「紙入れです」

「紙入れ？　いつのことでしょう」

「三日ほど前です」

「多分、違うと思いますが、一応きいてみましょうか」

「いえ、御新造に直接確かめたいので。ちなみに、今日は何時頃に戻られるのですか」

「もうすぐだと思いますけど。でも、何とも言えません」

女中が申し訳なさそうな顔をして答えた。

「わかりました。また伺います」

巳之助はそう言って、屋敷を後にした。

少し歩いていると、正面からふたり組の武家の妻が歩いてくるのが見えた。ひとりは斉木の妻、お市だ。もうひとりは知らない顔であったが、お市よりも五、六歳上くらいで、中肉中背の薄い顔であった。

咄嗟に隠れる場所がなかったので、そのまま歩いていくと、

「あっ、巳之助」

と、お市が声を上げた。

「御新造、こんなところで何をなされているのですか」

巳之助は驚いたように言った。

「ちょっと、この方にお話がありましてね」

お市が隣の女を見遣った。巳之助は、おやっと思った。

「先ほど、淡路坂のお屋敷へ伺いましたら、お歳がご親戚のところに行かれていると言っていたのですが」

「それは、その、何です。もう済んだのですよ。そのあとにこの方と会って」

お市が少しどぎまぎしながら答える。

「そうですか」

巳之助はお市が嘘を吐いているとしか思えなかった。弟の向沢玄洋の元にはしばらく姿を現していないし、実家はすでに取り潰されている。遠い親戚に薩摩藩の者がいるそうだが、江戸にはいない。

内海屋から金を借りているのではという疑いが、ますます強まった。

そう思っていると、

「あ、そうだ。この男は巳之助といって、腕利きの鋳掛屋なんですよ。よかったら、今度使ってやってください」

お市が隣の女に巳之助を紹介した。

巳之助は女に頭を下げた。

「そうですか。こちらの方にも回ってくるんですか」

女がきいた。

「ええ、近ごろ回るようになりました。何かあれば直しますよ」

「じゃあ、今度頼みます。うちは、ここを真っすぐ行って、ふたつ目の角を左に折れてすぐのところですよ」

巳之助は女の説明を聞きながら、はっとした。

「もしかして、近田さまの御新造ですか」

「そうですが、どうして？」

女が不思議そうな顔をする。

「この近所を回っている時に、近田さまのお噂は聞いております」

巳之助は咄嗟に誤魔化した。

「噂？」

近田の妻が首を傾げる。

「近田さまは真面目で、しっかりされた方で、ああいう方に贔屓にされるといいですよって」

「いや、うちはそんなんじゃないですけど……」

近田の妻は謙遜しつつも、まんざらでもなさそうな顔をする。

「では、またこちらに来る時には」

巳之助はふたりに頭を下げて、その場を離れた。

どうして、あのふたりが一緒にいるのだろうと思った。斉木は近田のことを知っていたが、それほど親しい間柄ではなさそうだ。そもそも、巳之助が近田の妻を訪ねてきたのは、『内海屋』の旦那、佐源次と池之端の出合茶屋で密会するはずであったからだ。

お市については、落ちていた袖香炉を見つけたちょうどその日に出かけていたということから、『内海屋』に出入りしていると疑っている。

このふたりが繋がっているということは、どういうことなのだろう。

巳之助は「いかけえ」と声を掛けるのも忘れて、考え込みながら歩いていた。

第三章　下手人

一

門をくぐると、雲間から漏れる弱々しい陽の光が、道場の屋根の瓦を照らしているのが見えた。屋根の上では、猫がいがみ合っているが、それ以外は穏やかな昼下がりであった。

九郎兵衛《くろべえ》は小春《こはる》の半歩後ろを歩いて、道場の正面に辿り着き、広い土間に入った。

「御祈禱でございますか」

作務衣を着た若い男がきいてきた。

「ええ、そうです」

小春が微笑んで答える。いつもの下町娘然とした口調ではなく、丁寧な口調で喋ると、どこか大店《おおだな》の娘といった風情さえ感じる。九郎兵衛は改めて感心した。

「かしこまりました。こちらはお供の方で？」

作務衣の男が九郎兵衛を見る。

「左様」

九郎兵衛は胸を張って答えた。

「申し訳ございませんが、お供の方は道場の外で待って頂いていまして……」

作務衣の男がやんわりと断りを入れた。

「わかった。どこで待てばよいのだ」

「門の手前の小屋でお願いします」

「あそこか？」

九郎兵衛は硬い表情できいた。

「申し訳ございません」

作務衣の男が頭を下げる。

「九郎兵衛さん。そこで待っていてください」

小春が九郎兵衛に顔を向けて、落ち着いた口調で言う。

「承知した」

九郎兵衛は踵《きびす》を返し、土間を出るとゆっくりと門の方に歩いた。途中、振り返り、小春が奥の部屋に案内されているのを確認すると、周囲を見回し、人気《ひとけ》がないのを確かめてから道場の横手に回り、待合に使われる広間の方に行った。

小窓から広間を覗くと、小春と目が合った。他に五人の女たちがそこで待っていた。

まだしばらく呼ばれないだろうと思い、作務衣の男に指定された小屋へ行くと、中には二十歳手前くらいの娘がいた。

「お前さんも、供で来ているのか」

九郎兵衛は話しかけた。

「はい、内儀《おかみ》さんの」

娘は急に声を掛けられたからか、びくっとして答えた。

「誰の元に通っているんだ」

「前は松園《しょうえん》さんという方だったんですが、いまは春陽《しゅんよう》さんという方です」

「なに、松園か」

と声を上げつつも、春陽というのは聞いたことがない。新しい祈禱師のことだろうか。

「ああいう男のどこがいいんだろうな」

九郎兵衛は嘲笑うように言った。

「本当ですね。内儀さんが変なことされていないといいですけど……」

娘が呟いた。

「変なこと？」

九郎兵衛は片眉を上げてきく。

「いえ……」

娘は言葉を濁した。

いまの様子からしても、内儀はかなり祈禱にはまっていて、娘は心配しているのだろう。

「ちなみに、お前さんはどこの商家の者なんだ」

「神田佐久間町《さくまちょう》の帯問屋の『二葉屋』です」

娘は答えた直後、

「あっ、内儀さんが出てらしたので、私はこれで」

と、急に立ち上がって小屋を出た。

九郎兵衛はそのふたりが門を出るのを見送ると、再び小春が待っている広間の外へ行った。

小窓から覗くと、小春はまだ座っていたが、さっきいた女たちの何人かはいなくなっていた。さらに四半刻（三十分）して、小春が呼ばれて、部屋を出て行った。

九郎兵衛は壁伝いに音を立てないように歩き、話し声を頼りに部屋を割り出してみると、この間、小千代《こちよ》が通された茶室風の部屋に辿り着いた。

その部屋の小窓から中を覗く。

小春は正座をして待っていた。やがて、金の僧正帽を被った長い顎鬚の男が部屋に入ってきた。

「ようこそ、私が大僧正です」

男が頭を下げる。

半次《はんじ》の話では、祈禱師たちはこの男を裏ではおやっさんと呼んでいるらしいが、一体何者なのだろうか。

男は小千代の時と同じように、

「私は筑波山で十五年間、飲まず食わずで岩の上で座禅を組む修行を行っておりました。その間、一言も発しません。咳払いさえ、禁じていました。そうしていると、天の声が聞こえるようになりました」

と、いかにも怪しいことを真面目な顔で言った。

「まあ、そうなんですか」

小春はまるで本当に信じ込んでいるかのように演じている。

「今日はどのようなことで？」

男が探るような目をしながらきく。

「ここのところ、ずっと頭が痛くて」

「頭が痛い？　どのようにですか」

「こめかみのあたりがズキズキと」

「その痛み以外の症状はありませんか」

「時たま、吐き気がするくらいです」

小春は予め決めておいた台詞《せりふ》通りに説明する。

「いつからですか」

男は小春をじっくりと見ながら質問を続けた。

「ひと月くらい前です」

「医者にはかかりましたか」

「はい、お医者さまが言うには季節的なものだから気にしなくていいと。でも、そうじゃない気がするんです」

小春が深刻そうに伝える。

「なるほど。あなたの頭の痛みは気から来ていますな」

男は重々しく言った。

「気から？」

「ええ、何か悩みでもあるのでしょう」

「悩み……」

「失礼ですが、最近ご家族の間に何かありませんでしたか」

「母が倒れたんです。命は助かったのですが、話すことが出来なくなってしまって」

「なるほど。わかりました。あなたの母上が倒れたり、話すことが出来なくなったのは祟りです」

「祟り？」

小春は素っ頓狂な声でき返したが、

「祟りでございますか」

と、慌てて言い直した。

「はい、それを取り除かなければいけません。弟子の祈禱師を呼びますので」

男はそう言って部屋を出て行った。

小春は振り返り、小窓から覗いている九郎兵衛と目を合わせる。

「いかにも怪しいわね」

小春が蔑むように言った。

すると、「失礼します」と部屋の外から声が聞こえた。

小春は素早く向き直った。

襖が開くと、赤い僧正帽を被った男が俯き加減に入ってきた。

男が顔を上げた瞬間、九郎兵衛は、はっとした。

「三津五郎《みつごろう》さん？」

小春が驚いたように声を上げる。

祈禱師はどぎまぎしながらも、「何でしょう」と白を切る。あの甘い声はまさに三津五郎である。半次が似ている男がいると言っていたが、まさか三津五郎のわけはないと思っていた。しかし、この大きな目に、通った鼻筋、女好きのする眉目《びもく》は、どこからどう見ても浮名《うきな》の三津五郎に違いない。

「どうして、ここに？」

小春がきく。

「何か勘違いされているようですね。私は祈禱師の春陽です」

祈禱師は顔を背けるようにして答えた。小春は覗き込むように、じっくりと祈禱師の顔を見る。

それから祈禱師は茶を点《た》て、

「これは、筑波山麓でしか取れない紫茶という特別なものです。これを飲んでください。心がすっとします。熱くないので、一気に飲んでください」

と、気取った声で差し出した。

小春は言われた通りに茶を飲んだ。

その時、九郎兵衛の肩が何者かに摑まれた。思わず腰元に手を遣り、振り返った。平べったい顔の木下《きのした》が立っていた。

「何をしておる」

木下は声を潜めながらも強い口調で言った。

「いや、お前こそ何している」

九郎兵衛が言い返すと、

「お前は何もしない約束だったじゃないか」

木下が気迫のある顔で睨みつけてきた。

「いま用心棒をしている商家の娘がここに来たいと言ったから付いてきただけだ。娘の様子が気になって、祈禱を見ていた」

九郎兵衛が説明する。

木下は納得していない顔であったが、

「とにかく、邪魔するなよ。いまさらお前が調べようとしても無駄だ」

と、門の方に向かって歩いて行った。

九郎兵衛は木下を追いかけ、門の外に行くと、

「お前は何を知っているんだ」

と、きいた。

「…………」

木下は答えない。

「松園殺しの件か」

「お前もそこに目を付けていたのか」

「ひょっとして、下手人は藤村《ふじむら》という武士の家来か」

九郎兵衛が確かめると、木下は鼻で笑い、

「これ以上邪魔するな」

と、警告して去って行った。

木下は松園殺しの下手人を見つけたのだろうか。九郎兵衛は祈禱団の裏にいる藤村という武士の家来が松園を殺したと見ているが、まだ証はない。

十四日の夜、神田同朋町《どうぼうちょう》の居酒屋を出て、松園と若党を見かけた時、松園ばかりに目が行って、若党をよく見ていなかったのが悔やまれる。もしや、木下はその若党の顔を見ていて、誰だか探し当てたのか。その若党は道場には出入りしていないようだが……。

そんなことが頭の中を巡っていた。

九郎兵衛は作務衣の男に指定された門の近くの小屋へ行き、小春を待った。

しばらくして、小春が道場から出てきて、門に向かって歩いてきた。足取りが少しおぼつかないように見える。

小春が門を出たところで、

「大丈夫か」

九郎兵衛は心配そうにきいた。

「うん、特に変なことはされていないんだけど、体に力が入らないの」

「力が入らない？」

「多分、あの紫茶のせいだと思うわ。あれにはそういう薬が入っているはずよ。それだけじゃなくて、ちょっと気持ちが昂るような効果も……。でも、紫茶を飲んだだけで、すぐ帰されたわ」

小春が顔をしかめて言った。

「なるほど。奴らは茶に薬を入れて、女たちを思いのままに操っていたのか。俺が知る限りだと、その後で女を裸にさせるんだが」

「そういうことはなかったわ」

小春は真っすぐに歩くのも大変そうだった。

「背負ってやろう」

九郎兵衛が真面目に言った。

「この歳《とし》で、背負われるのは恥ずかしいわ」

小春が苦笑いする。

「じゃあ」

と、九郎兵衛が腕を差し出した。小春は袖を摑み、体をもたせかけながら小梅村に足を向けて歩き出した。

正面から吹きつける北風が顔に当たって痛いほどだ。

「それより、あの祈禱師を見た？」

小春が驚いたような声できいてきた。

「ああ、三津五郎だ」

九郎兵衛は断言した。三津五郎だから、小春に変なことはしなかったのだと思った。

「やっぱり、そうよね」

小春が言う。

「半次が三津五郎に似ている男が道場にいると言っていたが、まさか本当にあいつだったとは……」

九郎兵衛は首を傾げた。

「それにしても、三津五郎さんはどうして、私を知らんぷりしたのかしら」

「道場の中だし、もしかしたら見張られているのかもしれない」

「確かに」

「いずれにしても、三津五郎の性格からして、稼ぎになるからやっているとしか思えない。あとで、半次を道場に忍ばせて、三津五郎と話をしてきてもらう」

「そうね。でも……」

小春が不安そうに口ごもった。

「何だ？」

九郎兵衛は小春の顔を見る。

「三津五郎さん、祈禱師の仲間になって、もっと悪いことを企んでいるんじゃないかしら」

「あいつに限って、そんなことはねえ」

九郎兵衛はきっぱりと否定した。

「でも、ああ見えて、三津五郎さんも弱いところがあるのよ。だから、そこに付け込まれたら……」

「三津五郎は疑り深い。如何《いか》にも怪しい奴らには警戒する」

「そうだといいけど……」

いくら九郎兵衛が安心させようとしても、小春は不安そうな表情のままだった。

実のところ、九郎兵衛も少し心配になっていた。三津五郎が祈禱師として女を騙しているのは間違いないだろうが、それ以上のことをしていないか。

いくら旧知の仲だとはいっても、祈禱団の側についてしまうかもしれない。九郎兵衛が色々画策していることを、その者たちに知られたら、計画は失敗に終わる。

やがて、ふたりは小梅村の小屋に着いた。

「三日月の旦那、ありがとう」

小春が戸口の前で礼を言う。

「いや、かえってすまなかったな。まだ力は入らないか」

「だいぶよくなってきたわ」

「そうか、よかった」

九郎兵衛はそう言って、小春と別れた。

大川（隅田川）が夕陽を反射して、橙色に染まっている。不意に木下のことが脳裏を過《よぎ》る。松園殺しの下手人を見つけたと見栄を張っていたわけではないだろう。木下がすぐにでも下手人を脅して金を取ろうとしているのであれば、九郎兵衛の出る幕はなくなってしまう。

急に焦ってきた。

九郎兵衛は急いで木下の住んでいる本郷に向かった。

二

その日の夜、木下の住んでいる裏長屋に上がり込んで待っていても一向に帰ってくる気配はない。

木下はもう松園を殺した男を脅して大金を手に入れ、吉原にでも繰り出したか。それとも、深川か。いや、あいつのことだから賭場に行って、さらに金を増やそうという魂胆ではないか。

五つ半（午後九時）まで待った。だが、木下はいくら待っても帰ってこなかった。町木戸が閉まるといけないので、諦めて帰路についた。

翌日の明け六つ半（午前七時）過ぎ、九郎兵衛は木下の裏長屋へ向かった。その途中、湯島の切通を通りかかると、「殺しだってよ」という通行人の男たちの声が耳を掠めた。

「殺し……」

九郎兵衛が気になって、その者たちに付いて行くと、湯島天神の本殿の裏手に辿り着いた。

町役人が筵《むしろ》を被せられた死体を取り囲んでいた。筵から飛び出した足は男のものであった。筵から刀の鞘が覗いている。殺されたのは侍だ。死体の顔を検めたいが、しゃしゃり出ていくわけにはいかない。

野次馬も次々に集まってくる。

少しして、「どけい、どけい」と同心の関小十郎《せきこじゅうろう》と岡っ引きの駒三《こまぞう》がやって来た。

町役人がふたりに殺しの説明をした。

駒三が筵をめくった。

その時に、九郎兵衛は強引に死体の顔が見える位置に近づいた。

やはり、木下であった。

九郎兵衛はすぐ野次馬の背後に隠れた。

「この男を知っているか」

関がまず駒三にきいた。

「いえ、知らねえ顔です」

駒三が答えると、

「この中で誰かこの男を知っている者はいないか」

関が野次馬たちを見渡してきいた。

九郎兵衛は名乗り出ずに、こっそりその場を離れた。

木下が殺されたのは、おそらく松園殺しの下手人を脅そうとしたからだろう。ということは、またあの若党が殺したのか。

これで邪魔者はいなくなった。俺にはまだ付きがあると思うと同時に、何度か一緒に悪事を働いた仲の者が殺されたことに複雑な気持ちになった。

もう木下を訪ねる必要はない。

九郎兵衛が小梅村の小屋に向かうと、半次と小春が楽しそうに話していた。

「仲直りしたんだな」

九郎兵衛がぽつりと言うと、ふたりは照れ臭そうに頷いた。

「それより、旦那、どうしたんです？　遅かったですね」

半次がきいた。

「木下が殺された」

九郎兵衛が重たい声で言う。

「え？　木下って、あの……？」

「そうだ。祈禱団のことを調べていた浪人だ」

「下手人は？」

「まだわかっていないが、祈禱団じゃないかと思う」

「松園殺しと同じ若党ですかね」

「そうだろう。木下はもう松園殺しの下手人がわかっていたのではないか。昨日道場で出くわしたが、そんな様子だった。相手は脅されて身の危険を感じて、木下を殺すことにしたのかもしれない」

九郎兵衛が考えを述べた。

「そうですか。あっしが調べている限りでは、それらしき若党が全く見つからないんですよ。まだ藤村が何者なのかというのもわからないですし……」

「他に、祈禱団に武士は絡んでいないか」

「ええ、いないはずです。そもそも、道場に武士が入って行く様子がないので、わからないんです」

「やはり、道場に出入りしている商人が絡んでいるんだな」

「そのようです」

半次が頷いた。

「藤村を探すのが先決だな。問題はどうやって探すかだ。直参か、それともどこかの大名家の者か……」

九郎兵衛が険しい顔で呟いた。

「三津五郎にきいてみたらどうです？」

半次が思いついたように、声を上げる。

「あの様子じゃ、答えてくれるかしら」

小春が眉根を寄せて言った。

「教えてくれるかわからぬが、半次は道場に忍び込んでくれ。三津五郎に会ってこい」

「へい」

半次が威勢の良い返事をした。

「ねえ、それよりあの土地のことを調べたらどう？」

小春が思いついたように口を入れた。

「土地のこと……。そうか、その手もあるな」

九郎兵衛が膝を叩いた。

「どういうことです？」

半次が難しい顔をして首を傾げる。

「下谷茅町《したやかやちょう》の道場を買ったにしろ、借りたにしろ、祈禱団の誰かが地主と取引している。その者から話をきけば、藤村のことがわかるかもしれない」

「あ、そういうことですか」

半次も納得したように、深く頷いた。

「じゃあ、小春は土地のことを調べてくれ」

九郎兵衛は命じ、

「俺は木下殺しのことを調べてくる。半次は三津五郎だ」

と、役割を決めて、三人は腰を上げた。小屋を出ると、それぞれの目的地に向かって歩き出した。


屋根瓦が西陽を照り返し、九郎兵衛の影は長く伸びていた。

神田旅籠町《はたごちょう》一丁目の道端で、ようやく岡っ引きの駒三を見つけた。駒三は手下をひとり従えて歩いていた。今朝の木下殺しの探索をしているのだろう。

九郎兵衛は後ろから駒三に近づき、

「おい、親分」

と、堂々と声を掛けた。

駒三は振り向き、見覚えのある顔だという表情をしている。

「今朝の殺しのことで、ちょっとききたいんだが」

「あなたさまは？」

「松永《まつなが》九郎兵衛だ」

「松永さま……」

駒三は名前を聞いて、思い出したように頷き、

「松永さまは木下さまのお知り合いなのですか」

と、きいた。

すでに死体が木下だとわかったようだ。木下が『筑波山祈禱団』を調べていたということももう知っているのだろうか。

「まあ、それなりの付き合いだった」

九郎兵衛はそう答え、

「あいつを恨む者は多い。あまり素行が良いわけではなかったんでな。木下がなぜ殺されたのか、もうわかっているのか」

と、探ってみた。

「いえ、まだそこまでは」

駒三は首を横に振り、

「何か思い当たる節はありませんか」

と、鋭い目を向けてきた。

「ひとつあるとすれば……」

九郎兵衛が考え込むようにして呟いた。

「なんですか」

駒三が身を乗り出すようにしてきいた。

「誰だかはわからないが、つい先日、湯島天神の境内で若党風の男と話しているのを見かけた」

九郎兵衛はでっち上げた話を伝えた。

「若党風の男ですか」

「そうだ」

「時刻は？」

「暮れ六つ（午後六時）過ぎだったか。その時は、特におかしいと思わなかったが、いま思い返してみると怪しい気がしてならない」

「なるほど」

駒三は興味深そうに頷く。

「ところで、気になっているのだが」

九郎兵衛は改まった声で言った。

「なんです？」

駒三がきき返した。

「少し前に同朋町で殺しがあっただろう。あれと、木下殺しは関係ないのか」

九郎兵衛は探りを入れた。

「そこも疑っているんです」

駒三は短く答える。九郎兵衛は岡っ引きがどこまで知っているのかが気になる。

「あの殺しの下手人の見当は付いているのか」

「いえ、まだ。殺されたのも誰なのか……」

駒三は首を傾げる。

「わからないのか」

「身近な者がいなくなったら、届け出があってもいいものなんですけど。全く誰とも関わらないで暮らしているわけじゃないでしょうし……」

駒三は低い声で返した。

ここであまりしつこくきくと、駒三に何か疑われかねないので、「大したことではないのに引き留めて悪かったな」と告げ、その場を後にした。


その日の夜、九郎兵衛の長屋に半次が訪ねてきた。

「旦那、三津五郎を見たんですが、他に人がいたんで声を掛けられませんでした。これから、また忍び込んで、三津五郎と会ってきます」

「明日でもいいんじゃないか」

「いえ、夜じゃないと、三津五郎がひとりの時はなさそうですから」

半次は言い、

「旦那は何か三津五郎に伝えたいことはありますかい」

と、きいてきた。

「そうだな。詳しいことは後で話すとして、松園殺しの下手人を探していると伝えてくれればいい」

「わかりました」

「それより、夜にひとりで平気か」

「旦那、あっしは小さい子どもじゃねえんですから」

半次が笑いながら答える。

「相手には腕の立つ若党もいそうだ。そいつが松園も、木下も殺したのだろう。お前が忍び込んでいるとわかれば、相手は容赦ないぞ」

九郎兵衛は真面目な顔で言った。

「あっしのこの足ですから、逃げきってみせますよ」

半次は自信満々に答える。

「この間は木下に追われて、血相変えて逃げ込んできたじゃねえか。もし、まずいと思ったら、すぐに逃げてこい」

「へい」

「明日の朝は小春のところにいるから」

「わかりました。じゃあ行ってきます」

半次が長屋を引き上げたあと、九郎兵衛は改めて木下殺しに考えを巡らせた。

三

半次が九郎兵衛の裏長屋を出て、下谷茅町の道場に着いたのは五つ半（午後九時）くらいだった。夕方に道場に忍び込んだ時に、三津五郎がいるのは、道場の裏にある離れの庵のようなところだとわかった。

他の祈禱師や手伝いの者たちは母屋に住んでいるのに、どうして三津五郎だけ離れに住んでいるのだろうと不思議に思いつつ、それがかえって人目に付きにくいので好都合だった。

半次は窓から中を覗き、三津五郎が薄暗い部屋で行灯《あんどん》の下、ひとりで酒を吞《の》んでいるところへ、

「おい、三津五郎。半次だ」

と、声を潜めて呼びかけた。

三津五郎は、はっとしたように半次に顔を向け、

「何でここに来たんだ」

と、小声できいた。

「中に入って話す」

「わかった、こっちに来い」

半次は戸を開けて中に入り、部屋に上がった。

三津五郎は茶碗をもうひとつ用意して、半次に酒を注いだ。

「すまねえ」

半次は茶碗の酒を一気に呑み、

「うめえ」

と、ため息をついた。

「もっと、呑め」

三津五郎が勧めると、

「それより、何で祈禱団にいるんだ」

半次がきいた。

「金になる仕事があるって誘われたんだ」

「そういうことだろうと思った」

半次はそう言ってから、

「この間、同朋町で殺しがあったのを知っているか」

「ああ、顔が滅茶苦茶に潰されていたっていう」

「あの殺されたのがここで祈禱師をしていた松園だ」

「なに、松園？」

三津五郎は驚いたように声を上げた。

「そうだ。お前は松園を知っているのか」

「いや、名前だけだ。前にここにいて、急用で故郷に帰らなければいけないっていうんで、その代わりをやってくれと誘われて、ここに入ったんだ」

「祈禱団側は嘘を吐《つ》いているんだな。やっぱり、あいつらが殺したんだろう」

半次が決めつけるように言うと、

「いや。そういえば、『一体、誰が松園を……』って、大僧正と出入りの商人が話していたんだ。だから、殺されたことは知っていたんだろう。だが、あの様子だと殺したわけではない気がする」

三津五郎が言い返した。

「そうだが、お前の聞き違いじゃねえのか」

「いや、確かにそう言っていた」

「じゃあ、殺したのは誰だろう……」

「あ、ちょっと前に道場に怪しい浪人が入ってきていたんだ。そいつかもしれねえ」

「どんな顔だった？」

「のっぺりとして、皺の多い……」

「木下だ。あいつも殺された」

「えっ……」

三津五郎は松園殺しを告げた時よりも驚いた。

「三日月の旦那は、ふたつの殺しの下手人は祈禱団だと思っている。でも、松園を殺したのが木下で、木下を殺したのが祈禱団とも考えられねえか」

半次が思いつきで喋った。

「どうかな？　あいつらが殺しなんか出来るかどうか……」

三津五郎が首を傾げる。

半次も他の可能性を探りつつも、

「ともかく、祈禱団が松園殺しを隠していることは確かだ。脅せば金になるに違いない。お前も仲間に入れ」

と、誘った。

「そうだな。それに、三日月の旦那が付いていれば安心だ。よし、やろう」

三津五郎は気合が入ったように答えた。

「じゃあ、旦那にお前も乗ってくれたと伝えておく。今度は旦那がここに来るかもしれねえ」

半次が言うと、

「それだったら、俺はここから出る。薬を使って、女を思い通りにするのが気に食わないと思っていたところだ」

「出る？　あいつらに辞めることを伝えなくて大丈夫か」

「そんなこと口にしたら、引き留められる」

「まあ、それもそうだな」

ふたりは立ち上がり、外に出た。

「もう、こんな遅いし、見廻りもいないから正面の門から出ても平気だ」

三津五郎が前を歩き、ふたりは敷地の外に出た。


次の日の昼前、小梅村の小屋の天窓から入ってくる陽ざしが弱まってくると、小屋の外から、「ここに来るのも久しぶりだな」と、懐かしい声がした。

九郎兵衛と小春が顔を見合わせると、戸が開いた。

「旦那、連れてきやしたぜ」

半次がそう言いながら、火鉢の前に飛んできて、かじかんだ手を擦りあわせた。

三津五郎は戸を閉めてから、すぐに部屋に上がり、三人の傍に寄った。

「三津五郎、よく来たな」

九郎兵衛は呟いた。

四人は車座になって、顔を見合わせた。

「お久しぶりです」

三津五郎が涼し気な顔をして、九郎兵衛に頭を下げる。綺麗な顔立ちで、色気があって、相変わらず遊び人風だ。

それから、小春に「この間はすまなかったな」と謝った。

「あんなところで会って、驚いたわ」

小春は笑いながら答えた。

「半次から聞かせてもらいましたけど、『筑波山祈禱団』から金を取ろうとしているんですって？」

三津五郎が妙に静かに訊ねる。

「そうだ」

九郎兵衛も静かに答えた。

「俺も乗らせてもらいますぜ」

三津五郎が笑顔で答える。

「よかった。もしかして、三津五郎さんがあいつらに味方するんじゃないかって心配していたのよ」

小春がほっとしたように言った。

「冗談じゃねえ。俺はあんな汚ねえやり方はしたくない」

三津五郎は嘲るように笑った。

「じゃあ、どうしてあそこで働いていたのよ」

「鉄平《てっぺい》って名乗る商人に、楽して金を稼げると誘われて、あそこに入っただけだ」

三津五郎は思い出すようにして答える。

「鉄平っていう商人は三十過ぎの目つきの鋭い奴か」

九郎兵衛が口を挟んできいた。

「ええ、そうです」

三津五郎は九郎兵衛に顔を向けて頷く。

半次が道場に出入りしていると言っていた商人だ。ただの商人ではなさそうだと半次は言っている。それに、藤村という武士の命令を祈禱師たちに伝えているらしい。祈禱団では、重要な役割を果たしているのだろう。

「そいつに誘われて、すぐに祈禱団に入ったのか」

「そうです。道場に住み込みって言われたんで、従っていたんですけど、あんなところにずっといたくない」

三津五郎が笑いながら答えた。

「祈禱団は本当に金になるのか」

九郎兵衛が改まった声できいた。

「まあ、確かに金にはなります。だけど、いかさまで、やり方が汚いから、いつまでもやろうとは思っていなかったんです」

「でも、女を思い通りにして、金儲け出来るんだったら、楽しかったんじゃないの？」

小春が揶揄した。

「冗談じゃねえ。何度も言うが、俺のやり方と違うんだ」

三津五郎が顔をしかめて言った。

「それより、旦那。半次から聞いたんだが、松園殺しを祈禱団の仕業だと思っているみたいですが、それは違いますぜ」

「なに？」

「鉄平と大僧正が誰が下手人なのか、話し合っていたんだ」

三津五郎が告げた。

「じゃあ、藤村が裏で殺すように命じたわけではないのか……」

九郎兵衛は首をひねった。

「そもそも、『筑波山祈禱団』っていうのは一体何なんだ」

九郎兵衛が訊ねる。

「ただのいかさま祈禱師の集まりですよ。筑波山で修行したって言っているが、それも嘘っぱちだ。好い男を揃えて、女をたぶらかしているんです」

「通っているのは、金持ちが多いのか？」

「いや、そうとも限らねえです。あまり家禄の高くない武家の妻女もいますから」

「祈禱料は高くないのか？」

「初回は無料です。二回目以降に結構取ります」

「でも、皆払えるのか」

「いや、そこにからくりがあるんですよ。払えないっていう者には、稼げる仕事があるからって、紹介するんです」

「仕事って？」

「商家の旦那たちに武家の妻女をあてがうんです。祈禱団の稼ぎの大部分はそれかもしれません」

三津五郎が、にたっと笑って言った。

「なるほど」

九郎兵衛は頷きながら、ふと小千代の顔を思い出した。小千代は頻繁に道場に行くが、よくそんな金があるものだと不思議に思っていた。すると、小千代も商家の旦那の元に遣わされているのだろうか。

「でも、皆が言うことを聞くとは限らないでしょう」

小春が口を挟んだ。

「いや、言いなりにさせることが出来る」

「言いなりに？」

小春がきき返す。

「最初に出した紫茶っていうのがあっただろう」

「あ、なんか変な薬でも入っているんじゃないかと思ったわ」

「そうだ。あの薬は詳しくはわからないが、女を興奮させたり、力が入らなくさせるような効果があるそうだ。それに、紫茶を何度か飲むうちに、はまってしまって、欲するようになるみたいだ」

「なるほどね」

小春が納得するように頷いた。

「商家の旦那は、武家の妻女と遊ぶのに、いくら出しているんだ」

九郎兵衛が真面目な顔をしてきいた。

「耳にしたところでは、人によりますが、容姿がどれだけ優れているかっていうのと、あと武家の格次第だそうです。もちろん、格上の武家になるほど、金が掛かるんですがね」

三津五郎は息をついてから、

「でも、最低でも一回三両からです。あっしが知っている中で一番高かったのは、百両っていうのがあります」

「百両？」

一同が声を合わせて反応した。

「祈禱師の慈恵《じけい》によると、水戸藩の家老の娘ということです。まあ、それほど美人ではないんですが、愛嬌のある顔をしています。そいつも松園目当てに通っていたそうです」

「そういうのを考えているのは、全て藤村という武士なのか」

「そのようです」

「藤村とは、何者なんだ？」

「あっしは一度も会ったことがないので、わかりません」

三津五郎が答える。

「鉄平という商人が全て指示を伝えているんだったな」

「そうです」

「鉄平はどうして祈禱団と関わっているんだ」

「さあ、それはわかりません」

三津五郎は首を横に振り、

「ともかく、あんなところ抜け出してよかったです」

と、笑いながら言う。

「いや、お前は道場に戻れ」

九郎兵衛が命じた。

「何てこと言うんです？　またあんなやり方をするのは嫌です」

三津五郎はむっとしたように言った。

「お前が道場にいてくれた方が何かと都合がいい。鉄平と大僧正の話を盗み聞き出来るだろう。ふたりの話から、藤村の正体がわかるかもしれない」

九郎兵衛が説明すると、

「わかりましたよ」

三津五郎は渋々頷いた。

「でも、勝手に抜け出しちゃったから、なんて言い訳するか……」

「そんなこと自分で考えろ」

九郎兵衛は突き放すように言った。


数日後、九郎兵衛は亀戸村《かめいど》にある大きな庵の客間に通され、庭園を見ながら喜平《きへい》という隠居が来るのを待っていた。

広い庭には松の木が八本、間隔をあけて並んでおり、それぞれに、こもと呼ばれる藁《わら》を粗く編んだ筵が巻かれている。

しばらくして、トン、トンと廊下から何かを突く音がしたかと思うと、やがて杖をついた白髪の老人が、女中に付き添われて、ゆっくりと部屋の中に入ってきた。

「お待たせして申し訳ございません。足が悪いもので」

老人は九郎兵衛の前に来ると、杖を女中に渡し、腰を下ろした。体は弱っているが、声には張りがあり、頭もしっかりしていそうだ。穏やかそうな目つきをしているが、なかなかの切れ者という感じがする。

「いや、それにしても立派な庭だ」

九郎兵衛は感心するように言った。

「そう仰って頂けると何よりも嬉しいものです。私はこういう庭を造りたいがために、隠居して、こっちに暮らすようになったんです」

喜平は笑いながら答え、

「特に松が好きでして、方々を探し回って、ようやく手に入れたものなんです。もう少ししたら、雪の対策に縄で支えないといけません」

と、声を弾ませて説明した。

「ところで、下谷茅町の土地なんだが」

九郎兵衛は本題に入った。

小春が下谷茅町の土地の持ち主が、この男だと調べた。

「いつあそこを貸したんだ？」

九郎兵衛がきく。

「そうですな。ちょうど一年ほど前でしたかな。何でも大きな土地を探しているという方がおりましたので」

「誰が話を持ち掛けてきた？」

「藤村帯刀《たてわき》さまという直参の方の遣いの者です」

喜平が答える。やはり、藤村が絡んでいる。

「遣いの者というと？」

「出入りの商人で、鉄平さんという方でしたね」

「三十過ぎで、目つきの鋭い奴じゃなかったか」

「ええ、そうです」

喜平が頷いた。

「藤村さまは何のために大きな土地を探していたんだ」

「曖昧にして教えてくれなかったので、よくわかりません」

「深くきかなかったのか」

「まあ、ちゃんとした方なのだろうと思っていましたので」

喜平の声が尻すぼみになった。

「隠居はあの土地がどうなっているのか知っておるか」

九郎兵衛はきいた。

「ええ、この間久しぶりに赴いた時に、『筑波山祈禱団江戸道場』という看板が掲げられておりました」

「そのことで藤村さまに話はしなかったのか」

「ええ、深くきくと面倒なことになると思っていたんで」

「そうか」

それから、色々と藤村のことや、茅町の土地のことについて訊ねたが、特に役に立ちそうなことは知ることが出来なかった。

喜平に礼を言って亀戸村を去った。

藤村帯刀が幕府直参の武士だということだけはわかった。それにしても、土地の取引にも鉄平を立てているとは、余程、藤村に信用されている男なのだろう。

それほどの男が、松園を殺した下手人を知らない様子であったというのは、やはり藤村は関与していないのだろうか。それとも、鉄平は祈禱師たちの前ではそのように演じているのだろうか。

松園殺しを指示したのが藤村でないとすると、下手人と思われる若党は客の方の繫がりかもしれない。

松園の客でまず思いつくのが小千代だ。だが、小千代は松園にとっては大した客ではなかっただろう。

そういえば、水戸藩の家老の娘の話を三津五郎がしていた。その娘が殺しと関係しているとは思えないが、とりあえず話をきいてみたい。

九郎兵衛はそう決めて歩き出した。

四

氷のような冷たい風が淡路坂《あわじざか》を吹き抜ける。鋳掛屋《いかけや》の仕事で駿河台《するがだい》の方を回っていた巳之助《みのすけ》は坂を下りながら、その風に身を強張らせた。

勘定方の役人。このことが、巳之助の脳裏から離れなかった。

『内海屋』の主人佐源次《さげんじ》と会っていた武家の妻女は近田新右衛門《ちかだしんえもん》という勘定方の役人の妻であった。お市《いち》の父親も勘定方の役人だ。

これは単なる偶然なのかもしれないが、何となく引っ掛かっていた。

そんなことを考えながら歩いているうちに、ひとつ先の角からお市が出てきて、坂を下って行く後ろ姿が見えた。巳之助には気が付いていないようだ。

(どこへ行くのだろう。佐源次と会うのか)

巳之助は気になりつつ斉木《さいき》の屋敷に向かい、勝手口から入ると、

「すみません、巳之助です」

と呼んだ。すぐに、女中のお歳が出てきた。

「あら、お久しぶりです。ここのところ来ていなかったですね」

お歳がにっこりと笑って言う。

「ちょっと、忙しくてな。斉木さまは？」

「いま出かけております」

「何かお伝えしておきましょうか」

「いや、また改めて来るからいい」

巳之助がお市を追いかけようと思っていると、

「包丁を研いでもらえたら」

お歳がそう言って、台所から包丁を持ってきて差し出した。

巳之助は仕方なく包丁を手に取り、道具箱から砥石を出して、刃を当てた。

「そっちは変わりないかい」

刃を滑らせながら、巳之助がきく。

「ええ、相変わらず。でも、ここのところ、旦那さまのご機嫌が好いみたいでよかったです」

お歳がにこやかに答える。

「どうして、機嫌がいいんだろうな」

「多分、お金のことだと思うんですけど」

「お金って？」

巳之助はわざとわからない振りをしてきいてみた。

「私の勘では、いままで旦那さまは御新造が借りてくるお金がどこから出ているのか疑っていたように思えるんです。でも、ちゃんと、玄洋《げんよう》先生から借りているとわかったので」

「そうか」

「巳之助さんが玄洋先生に確かめに行ってくれたんですよね」

「まあ」

「ありがとうございます」

お歳が頭を下げた。

巳之助は急いで研いでから、包丁をお歳に戻した。

「ところで、御新造がさっき出かけるのを見たけど、どこへ行くんだろうな」

「さあ、何も言っていなかったですが。また玄洋先生のところかもしれませんね」

お歳は疑う様子もなかった。

「そうか。御新造も大変だな」

巳之助はそう言ってから、

「また来るんで、旦那さまにはよろしく伝えておいてくれ」

と、足早に屋敷を出た。

包丁を研いでいる時も、お市がどこへ向かっているのかが気になって仕方がなかった。

巳之助は淡路坂を駆け下り、昌平橋《しようへい》の前の広場に出た。

お市は神田川を渡ったのか、それとも、『内海屋』がある須田町《すだちよう》へ向かったのか。

辺りを見回すと、橋の袂に露天商がいた。

巳之助はそこへ行き、話をきいてみた。

「先ほど、面長で細い目の綺麗な三十代半ば過ぎの武家の妻女を見かけなかったか」

「ええ、橋を渡って行きましたけど」

「わかった。ありがとう」

巳之助は礼を言うと、昌平橋を急いで渡った。

それから、棒手振《ぼてふ》りや道行く人にお市を見かけなかったか訊ねながら、御成《おなり》街道を進んで行くと、下谷長者町《ちようじやまち》一丁目あたりでお市を見つけた。

巳之助は気づかれないように、後を尾けた。

お市は途中で右に曲がり、武家屋敷が並ぶ脇の道を進んだ。

しばらく道なりに行き、お市はある屋敷の門を入って行った。

巳之助はその屋敷の前にやって来た。行商人や武家の往来がそれなりにあったので中に入るのは諦め、「いかけえ」と声を掛けながら近辺を歩いた。

すると、お市が入った屋敷の三軒隣で、

「ちょいと、鍋を頼むよ」

と、四十手前くらいの女中に声を掛けられた。

「へい」

巳之助は道具箱を地面に置き、鍋を受け取って、鋳掛を始めた。

「お前さん、見かけない顔だね」

女中が声を掛けてきた。

「ええ、この辺りにはあまり来ませんので」

「いつもはどこへ行くんだい」

「下谷だと池之端《いけのはた》の方へ回ります。神田、日本橋、本郷あたりが多いですね」

「そうかい。今日は何でこっちに？」

「特に訳はないんですが、気分を変えようと思いまして。なかなか声が掛かるんで、またこの辺りにも来てみようと思います。さっきも三軒隣のお屋敷から出てきた女中さんに頼まれたところなんです」

巳之助は探ってみた。

「菊田《きくた》さまのところかい」

「先ほど、お名前をお伺いするのを忘れてしまって。菊田さまというんですか」

「ええ、菊田十四郎《じゅうしろう》さまよ。あそこと親しくしておくといいわ」

「どうしてですか」

「菊田さまはいま勘定方の勘定という役職にいて、出世の道を辿っているのさ」

「勘定方？」

巳之助は驚いて思わず声を上げた。

それからも、女中は近所の屋敷のことを色々と教えてくれた。

鍋の修繕を終えると、ちょうど菊田の屋敷からお市と頭巾の女が出てきた。おそらく、ここの御新造だろう。

ふたりは御成街道に出たところで、挨拶を交わして別れた。お市は来た道を戻って行く。頭巾の女は下谷広小路に向かって行った。

巳之助は頭巾の女を尾けた。

やがて、女が池之端仲町《なかちょう》の出合茶屋に入って行った。それから、すぐに駕籠が停まり、『内海屋』の主人佐源次が現れた。

この女も佐源次と密会しているのだ。

近田、菊田、そしてお市の父親は勘定方の役人である。その三人の妻女が佐源次に関わっている。

佐源次は意図して、勘定方の妻女を狙っているのだろうか。それとも、この三人の妻女が自ら『内海屋』に近づいているのか。

近田の妻女と、菊田の妻女は出合茶屋に行っているが、お市は『内海屋』に行っている。これはどういうことなのだろう。

巳之助は不思議に思った。

次の日、巳之助は再び淡路坂にある斉木の屋敷へ行った。斉木は非番で、屋敷で

読み物をしていたが、巳之助が部屋に入ると、

「昨日、来たようだな。お前が帰ったすぐあとに戻ってきたんだ」

斉木が本を閉じながら巳之助に顔を向けた。

「そうでしたか。ちょっと、旦那さまにお伺いしたいことがございまして」

巳之助は斉木の正面に座って言った。

「そうか。わしもお前さんに話したいことがあったんだ」

斉木が重々しく言った。

「何でしょう？」

巳之助は気になってきいたが、

「いや、お前の話から先に」

と、促された。

「はい。菊田十四郎さまをご存知ですか」

巳之助は単刀直入に訊ねた。

「菊田？　知らないな」

斉木が首を傾げる。

「そうですか」

「何か調べているのか」

「いえ、そういうわけではないのですが、この間菊田さまのお屋敷の前を通りましたら、そこの女中に鍋の修繕を頼まれまして。菊田さまは勘定方のお役人ということで、この間話題に上った近田さまも勘定方で、最近何かと縁がありますので」

巳之助は誤魔化した。

「そうか。近田殿はたまたま知っていたが、他の勘定方は知らぬな。でも、勘定方の者に贔屓にされるのはいいかもしれぬな」

「いいえ、あっしは斉木さまによくして頂いていますので……。ところで、御新造のお父上も勘定方のお役人でしたよね」

「そうだな」

「失礼ですが、どういう訳で御家が取り潰しになったのでしょう」

巳之助は声を小さくしてきいた。

「わしにも詳しいことはわからないのだが、ある治水工事の予算を多く見積もって、余った金を横領したということだ」

斉木も声を潜めて答えた。

「そうだったんですか」

巳之助は頷く。

「だが、事実は違うということもお市は口にしていた」

「違うといいますと？」

「他の者が横領したのを、向沢小吉《むかいざわこきち》殿が罪を擦《なす》り付けられたというのだ。まあ、娘だからそう思いたいだけなのかもしれないがな……」

斉木が複雑な表情で言った。

「ところで、旦那さまのお話というのは？」

巳之助がきいた。

「こんなことを言うのは恥ずかしいが、この間、お前に譲った帯を買い戻すことは出来ないか」

斉木が申し訳なさそうに言い、続けた。

「あれをお前に五両で売って助かったんだが、実を言うと恩人から貰った大切なものだったんだ」

「もちろん、それは構いませんよ」

巳之助はあの帯を気に入っていたので、惜しい気もしたが、

「御新造もそのように仰っていて、旦那さまがあっしに譲られたことに驚いていました」

と、快く了承した。

「そうか。すまない。詫びといってはなんだが、六両で買い取らせてもらう」

「いえ、そんなお気を遣わずに」

「しかし……」

「五両でお願いします。また今度持ってきますので」

巳之助は約束して、斉木の部屋を出た。

さっき斉木が語っていた、お市の父親である向沢小吉が横領をしたことで、御家取り潰しになったことが気に掛かる。お市は小吉が罪を擦り付けられたと思っていると言っていた。すると、勘定方の他の誰かがそれを仕組んだのだろうか。

そもそも、小吉の無実を信じているお市が、どうして勘定方の役人の妻と未だに付き合っているのだろうか。

そのことが、納得出来なかった。

お市と小吉を知る者は弟の玄洋である。巳之助は話をきいてみようと思った。


『向沢診療所』に着いたのは八つ半（午後三時）くらいであった。

中に入ると、玄洋の弟子らしい男がいて、

「先生はまだお帰りにならないので、しばらくお待ちください」

と、土間で待たされた。

四半刻（三十分）ほど待つと、玄洋が戻ってきた。

玄洋は巳之助を見るなり、

「この間来た……」

と、思い出したように言った。

「巳之助です。また、ちょっとお話を伺っても」

「もちろんだ。上がってくれ」

巳之助は玄洋の後に続き、奥の部屋に向かった。玄洋は廊下で出くわした弟子に茶を出すように告げた。

弟子が茶をすぐに持ってきて、

「その後、義兄上《あにうえ》と姉上はお元気か？」

玄洋がきいた。

「ええ、お変わりはございません。今日は先生に少々伺いたいことがございまして」

「なんだ」

「お父上は勘定方のお役人と仰っていましたよね」

巳之助が確かめた。

「そうだが」

玄洋が頷く。

「失礼ですが、どのようなことで御家が取り潰しになったのでしょうか」

巳之助は単刀直入にきいた。

玄洋は軽く俯き、ため息をついた。

それから、玄洋は巳之助の顔を改めて見て、

「義兄上が調べるように言ったのか」

と、きいてきた。

「いえ、そういうわけではありませんが」

巳之助は否定した。

「そうか。すまないが、答えたくない」

玄洋が真っすぐな眼差しで巳之助を見た。

「失礼なことをきいて申し訳ございません」

巳之助は頭を下げ、

「ところで、近田新右衛門と菊田十四郎という役人はご存知ですか」

と、きいた。

すると、玄洋が余計に険しい表情になった。

「やっぱり、何か調べているのか」

玄洋が疑うような目で見る。

「ちょっと、その方々に仕事を頼まれまして。色々な噂があるものですから」

「色々な噂」

「詳しいことはわかりませんが」

巳之助は濁した。

「とにかく、その者たちには近づかない方がいい」

玄洋は話を打ち切りたいようであった。これ以上深くきいては玄洋の機嫌をさらに損ねると思い、詫びを言って『向沢診療所』を出た。

五

九郎兵衛は小石川にある水戸藩上屋敷の周りをゆっくりと歩いていた。さすが御三家だけあって、広大な敷地である。まだ仕官していた時に、何かの用で一度だけ中に入ったことがあるが、庭園が圧巻だった。この庭園は徳川光圀《とくがわみつくに》公が、明の遺臣・朱舜水《しゅしゅんすい》の意見を取り入れ、『岳陽楼記』の「天下の憂いに先んじて憂い、天下の楽しみに後れて楽しむ」というところから、後楽園と名付けたそうだ。

今日は珍しく、髭をきっちりと剃り、紋付き袴姿だ。それに、若党として、半次を付き添わせている。半次もそれらしい姿である。

「旦那、やっぱりあっしがこんな格好をするのはおかしいですよ」

半次が自信なさそうに言った。

「いや、周りは気にせん」

「でも、武士じゃないってばれたら」

「俺がうまく立ち振る舞うから、その心配はない」

九郎兵衛は半次にビシッと言った。

それでも、半次は浮かない顔のまま、

「どうして、こんな格好をする必要があるんですか」

と、きいた。

「こんなところで浪人がうろちょろしていては疑われかねない。ちゃんとした格好をしていれば、変に勘ぐられることもない」

「そういうもんなんですかね。武士はよくわからねえ」

半次は顔をしかめて呟いた。

「ところで旦那。田中《たなか》さまという水戸藩の方を待っているんですよね」

「そうだ」

「田中さまがいつやって来るのかわからないじゃないですか」

「小春に調べさせたところ、毎日この時刻に屋敷を出ている」

「でも、今日は来ませんぜ。あまりこの場所に留まっていると、かえって怪しまれるんじゃ……」

「もう少し待って来なかったら、今日は諦めよう」

九郎兵衛がそう言った途端に、屋敷の門から九郎兵衛と同じ歳くらいの、吊り目で体のがっちりとした武士が出てきた。

「田中殿ではないか」

九郎兵衛はその武士に近づいて、話しかけた。

「おお、松永殿。久しぶりだな」

田中が目を見開きながら、びっくりしたように九郎兵衛を見る。この男とは松永がまだ仕官していた時に行きつけの料理屋で知り合い、親しい仲というほどでもないが、なぜか気が合って時たま酒を酌み交わす間柄であった。だが、ここ五年ほどは会っていなかった。

「元気にしておったか」

田中が驚きの表情のままきく。

「ああ、何とか」

九郎兵衛は笑って答えた。

「それなら、よかった。いきなり丸亀藩を辞めたようだったから、何があったのかと心配しておった。丸亀藩の者も何も教えてくれなかったから、気にしていたんだが……」

「考え過ぎだ。いまは他の藩に移っておる」

「どこの藩だ？」

田中が興味深そうにきく。

「まあ、それは後で話す」

「もったいぶらなくてもいいじゃないか。もしかして、引き抜かれたのか」

「まあ、そうだな」

九郎兵衛は適当に話を合わせた。隣で半次は何も言わずに立っている。いつもと違い、どこか緊張した面持ちである。

「それも今度話す。ちょっと複雑でな。それより、お前は出世をしたと聞いたぞ」

「そうだ。馬廻り組頭になったんだ」

「それはすごい！」

九郎兵衛は大袈裟に讃えた。

「まあ、運がよかっただけのことだ。それより、こんなところで何をしておる？」

「ちょっと、遣いで近くまで来ただけだ」

九郎兵衛は平然と言った。

すると、田中が疑うような目を向けて、

「他に訳があるのだろう？」

と、低い声できく。

「いや、そんなことは……」

「隠しても無駄だ。顔に書いてある」

田中は見抜いたように言った。

「さすがに、お主に隠し事は出来んな」

九郎兵衛は苦笑いして、

「実は俺が仕えている藩の大番頭の息女が『筑波山祈禱団』という怪しい祈禱師にはまっている。そいつらを調べてこいと言われた。それで、色々と探っているうちに、水戸藩のご家老の息女も同じようにその祈禱団の道場へ出入りしているとわかった」

「なるほど。それで、俺のところに話をききに来たのか」

「それだけじゃない。我が藩の大番頭の息女と、お前のところのご家老の息女は同じ松園という祈禱師に掛かっていて、その男は殺されている」

「何だと？」

田中は驚いたように声を上げた。

「ああ、まさかとは思うが、水戸藩のご家老がそれに関わっているのかどうか調べてもらいたいのだ」

九郎兵衛は真剣な表情で頼んだ。

田中は迷っているような面持ちであったが、

「わかった。俺もその話は耳に挟んでいて、モヤモヤしていたんだ。探ってみる」

「かたじけない」

九郎兵衛は頭を下げた。

「明日の暮れ六つ（午後六時）に五年前までいつも会っていたところでどうだ」

田中が言った。

「そうしよう」

九郎兵衛が答える。

いつも会っていたところというのは、本郷真光寺《しんこうじ》門前町の『大松』という手ごろな値段の料理茶屋である。九郎兵衛と田中が会う時には、必ず使う店であった。

「わかった」

ふたりは約束して、その場で別れた。

水戸藩上屋敷から少し離れた水道橋あたりで、

「三日月の旦那は丸亀藩にいたんですね」

と、半次が驚いたように言った。

「…………」

九郎兵衛はぶすっとした表情で、答えなかった。昔のことには触れられたくない。

「旦那、何で隠すんです」

それでも、半次はきいてきた。

「大した話ではないからだ」

「でも、丸亀藩にいたことくらい教えてくれてもいいじゃありませんか」

「………」

九郎兵衛は半次を無視した。

すると半次はそれ以上深くきいてくることはなかった。

まだ松園と木下を殺した下手人が誰なのか見当が付かないまま、九郎兵衛は沈む夕陽を鋭い目で見つめながら、頭の中で作戦を練っていた。


暮れ六つの鐘が鳴る少し前だった。

九郎兵衛は真光寺門前町の『大松』の暖簾をくぐった。ここは安くて、うまい酒が呑めるというので、近くに住む武士たちがよく集っていた。さらに、小さいながらも座敷がいくつかあるので、大事な話をする時などに使われている。

「松永さま、お久しぶりでございます」

この店の女将が出迎えた。

「水戸藩の田中殿と待ち合わせているのだが」

「少し前にお見えになりましたよ」

「もう来ているのか」

松永は驚いたように声を上げた。

女将に案内され、二階の一番手前の四畳半の座敷に通された。すでに、田中は酒を呑んでいた。

「珍しく早く来たんだな」

九郎兵衛がそう言いながら、田中の前に座った。

女将はふたりの様子を窺ってから、

「お料理は何に致しましょうか」

と、きいてきた。

ふたりは顔を見合わせて、「湯やっこはどうだ」と、同時に声を出した。

湯やっことは、葛湯を使った湯豆腐で、この店の名物である。ふたりが会うと、冬は湯やっこを食べることが多かった。

「では、ご用意いたします。松永さま、お酒は？」

「田中殿と同じもので」

「承知いたしました」

女将は下がった。

それから、料理が用意されるまで、他愛のないことを話しながら、酒を酌み交わした。

やがて、東北訛《なま》りの若い女中が湯やっこと、つけダレを持ってきて、ふたりの前に置いた。淡い香りがほのかに立ち込める。

ふたりはさっそく、豆腐に手を伸ばした。

つけダレは、醤油を湯で割り、そこに鰹節を入れ、細かく刻んだ葱、大根おろし、一味唐辛子を入れたものだ。

口の中に入れると、柔らかく豆腐は、何とも言えない甘じょっぱい味が広がった。

「これだ、やっぱり『大松』といったら、湯やっこだな」

田中が嬉しそうに言う。

「そうだな、久しぶりにこんな旨いものを食べる」

九郎兵衛はそう答え、

「ところで、例の話なんだが」

と、切り出した。

「ご家老に近しい者に話をきいたら、ご息女はここひと月くらい道場には行っていないようだ。これ以上はまったら何か策を練らなければならないと思っていたそうだが、その必要もなくなったという。それに、祈禱師が殺された話は誰も知らなかった」

「そうか」

九郎兵衛は頷いた。

それから、他愛のない話をしながら酒を呑み、夜五つ半（午後九時）くらいには解散した。

水戸藩は絡んでいない。

では、下手人は誰だろう。松園が殺された日に、神田明神に一緒に向かっていた若党はどこかで見たことがある。それも、最近のことのような気がする。

どこかで若党と会ったのだろう。

ずっとそのことを考えながら歩いていると、田原町《たわらまち》の長屋に着いた。家の前に来て、「あっ」と思いついた。

もしかして、あの時の若党ではないか。

と決めた。

九郎兵衛は明日の朝、小梅村で皆と話し合ってから、その若党を確かめに行こう

翌日の朝、九郎兵衛が小梅村の小屋に着くと、すでに半次、小春、三津五郎が火鉢に当たりながら、待っていた。

「やけに早いじゃねえか」

九郎兵衛は部屋に上がって、腰を下ろした。

「旦那、やっぱり厳しいですぜ」

三津五郎が口を開いた。

「厳しいって何が？」

九郎兵衛はきき返す。

「昨日、出入りの商人の鉄平が来たんです。大僧正と奥の部屋で話していたんですけど、警戒している様子で、簡単に近づけそうにないです」

三津五郎は困ったように言う。

「そうか。なら、お前はどうだ？」

九郎兵衛は半次に顔を向けた。

「いえ、あっしも無理ですよ。逃げるのには自信がありますが、話を聞くには、部屋に近づかないといけないですし……」

半次も弱気だった。

「小春を行かせるわけにもいかないし、俺にも出来ない」

九郎兵衛は腕を組みながら唸った。

「やっぱり、巳之助に頼みやしょう」

半次が声を上げる。

「巳之助か……」

九郎兵衛は苦い顔をした。

「それしか手がねえです。それを旦那が来るまで、皆で話し合っていて……」

三人を順に見回すと、それぞれ頷いた。

「だが、あいつを仲間に誘うのは難しい」

九郎兵衛は眉根に皺を寄せて言う。

「あいつが仲間に加わる訳があればいいいんですよね」

三津五郎が言った。

「そうだが、何か案はあるのか」

九郎兵衛がきき返す。

「うーん」

三津五郎は困り顔で俯く。

「そんなことしないで、正直に言えばどう？」

小春が口を挟んだ。

「正直に言うって？」

半次が反応する。

「だから、事情を全て説明して、どうしても巳之助さんの力が必要だって説き伏せるのよ」

「それで、この間は断られたんだ」

「その時と事情が違うでしょう。いまならもっと詳しくわかっているんだから、また誘ってみればいいじゃない」

「どうせ駄目に決まっている」

「そんなのまだわからないわ」

「いや、あいつはそんなので動く男じゃねえ」

「とりあえず、やってみるのが早いわよ」

「わからねえ奴だな。無駄だって言っているだろう」

半次の口調が強くなる。すると、小春の目つきが険しくなった。

ふたりの視線が宙で交差する。

「また、喧嘩か……」

三津五郎が呆れたように、ため息をついた。

「こいつが悪いんだ」

半次が小春を責め、

「半次の頭が固すぎるのよ」

小春が反論した。半次はいまにも小春に掴み掛からんばかりであった。

「まあ、まあ、落ち着け」

三津五郎が半次を押さえた。

「旦那はどう思うのさ」

小春が九郎兵衛に顔を向ける。

「他に策はない。小春の言うように、もう一度、巳之助に話を持ち掛けてみる」

九郎兵衛が答えると、小春は満足げな顔になり、半次は不貞腐れた。

三津五郎は「旦那がそう言うなら、決まりだ」と話をまとめた。

「俺は松園殺しの下手人のことで、ちょっと思い当たる節があって、これから調べてくる」

九郎兵衛は三人に告げて、小屋を出た。

風は止んでいたが、底冷えする寒さだった。

遠くの方に重たい雲が見える。この寒さだと、雪になるかもしれない。

九郎兵衛は颯爽と歩き出した。


昼九つ（正午）の鐘が上野と浅草の両方から聞こえてきた。

下谷長者町の武家屋敷が並ぶ一画に、九郎兵衛は来ている。

（確か、この辺りだと思ったが）

九郎兵衛は一度来たのでわかっていると思っていたが、迷ってしまったので、通

りすがりの行商人に、

「菊田十四郎殿の屋敷はどこか知っておるか」

と、訊ねた。

「菊田さまなら、ふたつ目の角を右に曲がってすぐのところですよ」

行商人が教えてくれた。

九郎兵衛がその通りにふたつ目の角を右に曲がると、目の前の屋敷から、四十五歳くらいの真面目そうな御家人と、三十代半ばくらいの細身で機敏そうな若党が出てきた。

（やはり、あの時の若党だ！）

九郎兵衛は心の中で叫んだ。

ふたりは九郎兵衛を気にする様子もなく、すれ違った。

菊田十四郎の妻、小千代に目を付けた時に、付き添っていて、不忍池《しのばずのいけ》の弁天堂で小千代の祈禱が終わるのを待っていた若党だ。

すると、この若党が松園を殺したのか。理由は何だろう。もしかして、小千代が松園にはまっていたからだろうか。死体の顔が潰されたのは、松園だと小千代に知られないためか。それとも、松園だとわかると、町方の探索で祈禱団のことが知られ、松園が相手をしていた女を調べれば、菊田十四郎に繋がるからか。

もしかしたら、その両方かもしれない。

木下はこの若党が松園を殺したということを知っていたのだろう。だから、道場で会った時に、藤村のことを言ったら鼻で笑ったのだ。

そして、木下は菊田が若党を使って松園を殺したと睨み、菊田を脅した。そのことで、若党に殺されてしまったのだ。

すると、祈禱団はこの殺しに何も関係ないのか。だが、どうしても、祈禱団が何かしら関わっているような気がしてならなかった。

そう思った時、「いかけえ」という聞き覚えのある声が耳に入ってきた。

九郎兵衛は、はっとして、その声の方に向かった。

すぐの角を左に曲がると、その声の主の後ろ姿が見えた。

「巳之助」

九郎兵衛は声を掛ける。

巳之助は振り返り、

「三日月の旦那。どうして、こんなところに？」

　と、驚いた様子だ。

「ちょっと調べていることがあって来た。お前がこんなところに来るのは珍しいな。いつも、神田、日本橋、本郷あたりに行っているだろう」

「最近、変えたんです」

「もしかして、何か調べていることがあって、こっちに来ているんじゃないか」

　九郎兵衛は鋭い目できいた。

「いえ。ところで、旦那こそ、こんなところで何を？」

　巳之助がきき返す。

「俺は菊田十四郎という御家人を調べにやって来た」

　九郎兵衛が正直に答えると、

「えっ、菊田？」

　巳之助が声を上げた。

「どうした？　知り合いか」

「いえ」

「もしかして、お前も菊田を調べているのか」

「…………」

巳之助は何も答えない。

だが、九郎兵衛の目には、巳之助が菊田のことでここに来たと映った。

「あまり声を大にして言えぬが、菊田はひどいことをしている。どうだ、手を組まないか」

九郎兵衛は誘った。

「ひどいことって何です？」

巳之助がきいた。

九郎兵衛は無言で、巳之助をじっと見た。

「考えさせてください」

巳之助はそう言って、その場を去って行った。

今夜、また巳之助に話を持ち掛けに行こう。九郎兵衛はそう決めた。

その日の六つ半（午後七時）頃、屋根に雪が降り積もる音が微かに聞こえていた。

巳之助が日本橋久松町《ひさまつちょう》の長屋で、道具の手入れをしていると、

「俺だ、入るぞ」

と声がして、腰高障子が開き、九郎兵衛が土間に現れた。九郎兵衛は腰高障子をすぐに閉め、部屋に上がり、火鉢の前に腰を下ろした。

「何の用です？」

巳之助は手を止めてきいた。

「昼間の件だ。手を組もう」

九郎兵衛が単刀直入に言う。

「旦那が言っていたことを教えてください」

巳之助は真っすぐな目で九郎兵衛を見た。実は何も知らないのに、知っている振りをしているとも限らない。

「菊田は人を殺している。松園っていう奴だ」

「松園？」

「この間、俺が言った『筑波山祈禱団』だ。菊田の妻小千代が通っていた」

「菊田の妻が……」

巳之助は俯き、何やら考え出した。お君《きみ》が奉公している『二葉屋』の内儀も、確か道場に通っていて、お君が気にしていることを思い出した。

「お前は何で菊田を探っているんだ」

九郎兵衛にいきなりきかれ、巳之助は、

「あっしも小千代のことです。祈禱団に通っていたとは知りませんでしたが、『内海屋』という履物問屋の主人佐源次と密会しているんです」

と、答えた。

「密会？　それがお前とどう関係ある？」

「実はあっしが贔屓にしてもらっている御家人で斉木正之助《しようのすけ》さまという方がいるのですが、その御新造のお市さんも『内海屋』にこっそりと行っているようなんです。それだけじゃなく、お市さんと親しい近田新右衛門さまの妻も佐源次と忍んで会っています」

「ということは、佐源次は武家の妻女を狙っているんだな」

「そうですが、気になるのが、菊田、近田は勘定方の役人で、お市さんの父親も勘定方の役人なんです」

「なるほど。気になるな。三人とも勘定方の役人か」

「ええ、さらにお市さんの父親は横領の罪に問われ、御家は取り潰されています。それも気になって」

巳之助は語った。

九郎兵衛は深く頷き、

「もしかしたら、俺が調べていることとも何か関係あるかもしれない」

と、呟いた。

「まさか。殺しとこの三人に関わりがあるとは……」

巳之助は首を傾げる。

「だが、調べてみる必要があるだろう。巳之助、手を貸してくれ」

九郎兵衛が真剣な目で巳之助を見つめた。

巳之助はしばらく考えてから、

「わかりました」

と、答えた。

すると、九郎兵衛の顔が明るくなった。

巳之助はまた面倒なことに引きずり込まれていくことを承知しながら、ここまできたら九郎兵衛と一緒にやるしかないと腹を括った。

第四章　繋がり

一

昨夜、九郎兵衛《くろべえ》が帰った後、急に雪が強く降り出したが、朝には止んでいた。吾妻橋《あずまばし》を渡るとより一層寒さが厳しく、雪がまだ積もっていた。

巳之助《みのすけ》は足元に気を付けながら、小梅村へ行った。

田圃《たんぼ》の中にぽつんとある小屋の前に来ると、中から話し声が聞こえた。

巳之助が戸を開けると、「おっ」と半次《はんじ》が声を上げ、三津五郎《みつごろう》と小春《こはる》も嬉しそうな顔をした。九郎兵衛は黙って頷いた。

「どうも」

巳之助は土間に入った。

「会いたかったぜ。さあ、ここへ座れ」

三津五郎が隣を示した。

巳之助は軽く頭を下げて、三津五郎と半次の間に腰を下ろした。

「よく来てくれたわね」

正面にいる小春が声を掛ける。

「ちょっと、あっしの調べていることと関係しているかもしれないんで」

巳之助は冷めた声で言った。

「三日月の旦那から聞いたけど、『内海屋』の主人が武家の妻女と密会しているんだって？」

小春がきいた。

「ああ、勘定方の役人の妻女だ」

巳之助は頷いた。

「菊田《きくた》十四郎《じゅうしろう》が松園《しょうえん》という祈禱師を殺したとわかったと言ったが、菊田は松園だけじゃなく、木下《きのした》という浪人も殺している。木下は祈禱団を調べていたんだ。おそらく、木下は最初は俺たちと同じように松園殺しは祈禱団の仕業だと思っていたが、調べていくうちに、菊田の若党が下手人だと気が付き、菊田を脅したんだ。それで、殺されてしまった」

　九郎兵衛が重たい声で言う。

「菊田が松園を殺した理由は妻が入れあげていたからだろうか」

　巳之助がきくと、

「おそらく、そうだろう。松園の顔を潰したのも、小千代《こちよ》に松園が死んだことを気づかれないようにするためかもしれない」

　九郎兵衛が考えるようにして言った。

「でも、小千代は佐源次《さげんじ》とも密会している」

　巳之助が口にした。

　九郎兵衛は考え込んだ。

　沈黙が流れた。ただ、息遣いだけが聞こえる。

　やがて、九郎兵衛は再び口を開いた。

「前に三津五郎が言っていたように、祈禱団は武家の妻女を商家の旦那にあてがっている。ただ、女たちを買う商家の旦那を探す役割の者がいるはずだ。それが、大僧正か、出入りの商人の鉄平《てっぺい》なんじゃないか。それを調べてくれ」

九郎兵衛は巳之助にそう言ってから、大僧正と鉄平の説明をした。もし、祈禱団がそういうことをしているのだとしたら、近田《ちかだ》の妻やお市《いち》も松園経由で、佐源次に遣わされたということも十分に考えられる。

「わかりました。あとで忍び込んで様子を窺ってきます」

巳之助は引き受けた。

「じゃあ、俺が手引きする。六つ半（午後七時）頃、待っているから」

三津五郎が言う。

「わかった」

巳之助は頷き、

「ところで、旦那。頼みがあるんです。お市さんの父親の向沢小吉《むかいざわこきち》は治水工事の予算を多く見積もって、余った金を横領したことで切腹したそうなんです。お市さんはそれを信じていません」

と、九郎兵衛に顔を向け、改まった声で言った。

「信じていないっていうのは、向沢小吉は実はやっていなかったということか？」

「おそらくそうでしょう。でも、旦那の斉木《さいき》さまは詳しいことは知らないようですし、弟で芝金杉通《かなすぎどおり》で医者をやっている玄洋《げんよう》先生にきいたら、何か調べているのかと勘繰られて教えてもらえませんでした」

「そうか。じゃあ、そこは俺の伝手で探ってみよう」

九郎兵衛が胸を張って答えた。

「お願いします」

巳之助は軽く頭を下げる。

それから、三津五郎は祈禱団を内部から、半次は近田新右衛門《しんえもん》、小春はお市の様子を探ることに決め、五人は小屋を出た。


その日の六つ半頃、巳之助は下谷茅町《したやかやちょう》の道場に忍び込んだ。この時刻に道場の戸締まりをして、見廻りもなくなると三津五郎に聞いている。

道場は真っ暗だったが、奥の方に灯りが点っている。

巳之助が道場のどこかに床下に潜り込めるところがないか探していると、

「巳之助」

と、三津五郎が待っていた。

ぼんやりと影が見える。

「今日は暮れ六つ（午後六時）過ぎに道場を閉めた。商人の鉄平も来て、大僧正の部屋で呑《の》んでいる。慈恵《じけい》と吉林《きちりん》は俺の庵で呑んでいる」

「お前の庵で？」

「いい酒があるからと誘ったんだ。あいつらも自由に外に出られないで、窮屈な思いをしているんだ。酔わせて、色々祈禱団のことを聞きだそうと思う」

「でも、お前がいなくなって大丈夫か」

「ちょっと呑み過ぎたから夜風に当たりに行くと出てきたんだ。また戻って、しこたま呑まなくちゃな……」

三津五郎が苦笑いした。

「お前の企みが悟られないように気を付けろよ。相手はふたりだ」

「なに、平気さ」

三津五郎が気に留めないように言った。

「大僧正の部屋は、あの灯りが点いているところだな？」

巳之助は道場の奥を指で示した。

「そうだ。床下から行くのか」

「ああ、途中で床上に抜ける。それから、天井裏に潜り込む」

「なら、道場の正面の少し横に床下に入れるところがある。そこから潜って右にしばらく進むと、物置部屋に着く。蠟燭とか、座布団とかが乱雑に積んである。そこから天井裏に入り込むのがいいだろう」

三津五郎が教えてくれた。

「そうか、ありがとう。じゃあ、また」

巳之助はそう告げて、素早く道場の正面の少し横に近づき、三津五郎に言われた通り床下に潜り込んだ。それから右に進み、物置部屋に上がり、天井裏に潜り込んだ。

音を立てないように、道場の奥の方へ進んだ。

野太い話し声が響く。

巳之助は声のはっきり聞こえるところで止まり、天井板をそっとずらした。行灯《あんどん》の明かりが天井裏に差し込む。

巳之助はこっそり覗いた。

ひとりは禿《は》げている五十過ぎの顎鬚の長い男。大僧正に違いない。もうひとりは三十過ぎの眉毛が太く、きりっとした目つきの男だ。

その顔を見た時、はっとした。

あれは、確か斉木の屋敷で見かけた草履屋だ。お市が以前、草履屋を覗いたのをきっかけに、あの男が草履を売りに来るようになったと女中のお歳《とし》は語っていた。

だが、普通の商人とは違うように感じられた。

あの草履屋が鉄平だったのか。

もうだいぶ呑んでいるようで、徳利が数本転がっていた。

「それにしても、この半年で思ったより稼げたな」

大僧正が愉快そうに言う。

「ええ、これをあと二年くらい続けたら、一生贅沢して暮らせるのに、もったいないじゃないですか」

「そうしたいが、奉行所に目を付けられているから、もう潮時だ」

大僧正が惜しそうに言った。

「最近、やたら町方らしい男が様子を見に来ますもんね」

「その前にずらかっちまう方がいい」

「まあ、そうですね」

鉄平が考えるようにして言った。

「それより、まだ仇討ちは諦めないのか。俺たちはもう手を貸せねえ。それに、あいつらは喋ってくれねえぞ」

大僧正が呆れるように言った。

「いえ、もう少しなんです。あっしが脅したら悩んでいるようでした」

「だからといって、奴のことは口にしないんだろう」

「ええ……」

鉄平が小さく頷く。

「あいつらにとって、お前の脅しより、奴の方が恐いんだ」

「でも……」

「奴の指示だって、本人たちの口から聞かなくてもいいだろう」

奴というのは誰なんだろうか。

「いえ、そうじゃないと意味がないんです」

「どうしてだ？」

大僧正は納得出来ないのか、尖った口調できく。

「言い逃れされちまうじゃないですか」

「それより、さっさと殺《や》っちまえばいいじゃねえか」

大僧正が無雑作に言う。

「それだと、こっちの望みが叶わねえんですよ。殺すことが目的じゃないんです」

「侍のことはよくわからねえな」

大僧正が呆れたように言った。

「それにしても、松園のことはどうでもいいんですか」

鉄平が不満そうにきいた。

「そういうわけじゃねえが、下手に俺たちが動けば、余計町方に目を付けられちまう。松園には何もしてやれず可哀想だが……」

大僧正はそう呟いてから、

「とにかく、俺たちは明日道場を引き払う支度をする。お前の手伝いはもう出来ねえが、どうせ町方が祈禱団を調べれば、藤村《ふじむら》の名前が出てくるだろう。うまくいくように祈っているぜ」

大僧正が突き放すように言った。

鉄平は色々言われて顔をしかめていたが、文句を言うことはなかった。このふたりの関係を見ていると、大僧正の方が上に立っていそうだ。

鉄平は仇討ちをしたいようだが、一体相手は誰だろう。

藤村の名前を出していたが、それは祈禱団の裏にいると九郎兵衛が言っていた直参の藤村帯刀《たてわき》のことだろうか。

鉄平はすぐに動くだろう。

鉄平を尾けていれば、何かわかるかもしれない。

大僧正を見ると、横になっていびきをかき始めた。鉄平は難しい顔をして酒を呑み続けていた。

巳之助はその場を離れた。

道場の外に出ると、三津五郎が暮らしている離れの庵に向かった。

庵からは話し声が聞こえる。

祈禱師のふたりがいなかったら、三津五郎にいま耳にしたことを伝えようと思ったが、諦めて道場を出た。

それから四半刻（三十分）後、巳之助は浅草田原町《たわらまち》の裏長屋にやって来た。九郎兵衛の家から行灯の灯りが腰高障子越しに漏れている。

「旦那、夜分すみません」

巳之助は腰高障子を開けて、声を掛けた。

「入れ、寒いだろう」

九郎兵衛が招き入れた。

巳之助は土間に入り、履物を脱いで部屋に上がる。

「何かわかったか？」

九郎兵衛が巳之助を見つめるようにしてきいた。

「天井裏から鉄平と大僧正の話を聞きました。鉄平は知っている男でした」

「えっ？　誰だ？」

「斉木さまのお屋敷に出入りしていた草履屋です。もっとも、斉木さまというより、御新造のお市さんに履物を売ろうとしていたのですが」

「なるほど。じゃあ、本職は草履屋なんだな」

「ええ。もしくは……」

巳之助は考えるように首を傾げた。

「もしくは、何だ？」

九郎兵衛が興味を引かれたようにきいた。

「いえ、何でもないです」

巳之助は頭の中にひょっとしたらという考えがあったが、まだ確信が持てないので口にせず、

「それと、もう道場を引き払うそうです。何でも、町方に目を付けられ始めたので、明日には道場を引き払う支度をすると言っていました」

と、説明した。

「じゃあ、早いところ、俺たちも動かないとな」

九郎兵衛は表情を引き締めた。

「ただ、鉄平はどうしても仇討ちをしたいそうなんです」

「仇討ち？　誰にだ」

「それが……」

巳之助は首を傾げる。

「わからないのか？」

「ただ、大僧正が殺してしまえばいいと言ったら、鉄平はそれだと意味がないと言っていました」

「全く話が摑めぬが、ようは鉄平の仇とは誰のことを言っているのか。それを探るしかねえな」

「祈禱団は明日、引き払う支度をすると言っているので、明後日にでも出て行くでしょう。これから鉄平は独自に動くはずです。なので、鉄平を尾けてみようと思います」

「そうか。わかった」

九郎兵衛は頷き、

「三津五郎の様子はどうだった？」

と、きいた。

「祈禱師ふたりを酒で酔わせて、話を聞きだすと言っていましたよ」

「相手に悟られないといいが」

「あっしもそれを心配していました。でも、三津五郎は平気だって……」

「まあ、あいつのことだからうまくやるだろう」

「じゃあ、あっしはこれで」

巳之助はさっさと長屋を出た。

鼻がもげるかと思うような冷たい木枯らしが吹き荒んでいる。無数の煌めく星も、寒さに震えていた。

しかし、巳之助の血はたぎっていた。

二

翌日の明け六つ（午前六時）過ぎ、巳之助が下谷茅町の道場の近くで待っていると、鉄平が出てきた。昨日の酒が残っているのか、まだ眠そうであった。

池之端仲町《いけのはたなかちよう》の方に向かって歩き、御成《おなり》街道に出た。しばらく道なりに進み、途中で左に曲がった。武家屋敷が並んでいる。

鉄平が歩いているのは、巳之助が知っている道だ。

もしかして、と巳之助は思った。

しばらくして、ある屋敷に鉄平が入って行った。

(やっぱり、菊田十四郎の屋敷だ)

巳之助は菊田が仇なのだろうかと思った。それにしても、このふたりにはどのような因縁があるのだろうか。草履屋の主人と、勘定方の役人である。一見すると、接点があるようには思えない。

巳之助は人通りがあるので屋敷に忍び込むことも出来ず、外で待った。

しばらくして、険しい顔の鉄平が出てきた。巳之助が距離を置いてから尾けようとすると、菊田の屋敷から三十代半ばの細身で機敏そうな若党が出てきて、鉄平の後を尾けた。

もしや、あの男が松園と木下を殺した若党ではないか。鉄平が菊田を脅したものだから、後を尾けさせているのだろう。もしかしたら、人気《ひとけ》のないところで殺そうと企んでいるのか。

巳之助はそんなことを考えながら、鉄平と若党の後を尾ける。

鉄平はちらちらと後ろを気にしている。その度に、若党は咄嗟《とつさ》に隠れる。若党は巳之助に尾けられていることに気づいていないようだ。

武家地を抜けて、下谷長者町《ちょうじやまち》一丁目の町家を抜け、小倉藩中屋敷の脇を通り、御成街道を突っ切った。

林田藩上屋敷の横を歩いている時、鉄平は突然立ち止まって、後ろを振り返った。若党は咄嗟に木の陰に身を隠した。

それから、鉄平は再び歩き出した。

妻恋坂《つまごいざか》を上り、妻恋町、上野御家来屋敷、諸々の組屋敷を通って、本郷三丁目を抜けて、真光寺《しんこうじ》の裏手の武家屋敷へ回った。

この辺りで、巳之助は鉄平がどこへ行くのか感付いた。

だが、たまたまかもしれないと確信は持てずに後を付いて行くと、ある屋敷に入って行った。

（やはり、近田新右衛門の屋敷だ）

巳之助の鼓動が高まった。

すると、仇は菊田ひとりだけでなく、近田新右衛門もそうなのであろうか。

若党は近田の屋敷の裏口へ行った。

ここもそれなりに往来があり、真っ昼間なので、巳之助は屋敷に忍び込むのを憚った。まさか、この屋敷の中で鉄平を襲うつもりなのか。しかし、中で騒いでいる様子はない。

一体、鉄平も若党も中で何をしているのだろうか。

わからないまま、巳之助はただ外で待つしかなかった。

鉄平の仇討ちについて考えてみた。

そもそも、仇討ちは父母、兄など目上の親族が殺され、元々の加害者が行方不明などにより、幕府や藩が処罰出来ないなどの場合、公に認められる。

鉄平の目上の親族がふたりに殺されたのだとしても、このふたりは勘定方の役人としてずっと幕府に仕えているので、行方がわからないということはない。ということは、公に認められた仇討ちではない。

つまり、このふたりが何かの悪事に手を染めて、誰にも知られないままになっているということか。

その時、ふとお市の顔が浮かんだ。

お市の父親、向沢小吉も勘定方の役人だ。そして、鉄平はお市の住まいにも出入りしている。お市も脅されているのだろうか。ただ、向沢小吉が仇だとしても、すでに切腹していて、御家は取り潰しになっている。娘のお市にまで、危害を加えようとしているのか。

あるいは……。

巳之助にある考えが浮かんだ時、鉄平が近田の屋敷から出てくるのが見えた。

それから、少し待ってみたが、菊田の若党は出てこなかった。菊田の若党は近田の屋敷で何をしているのだろう。

巳之助は鉄平を追いかけることにして、さっき来た道を戻ったが、鉄平を見失った。

とりあえず、近くにいた行商人風の男に、

「すみません。ついさっき、三十過ぎくらいの眉の太いきりっとした目の男を見かけませんでしたか」

と、きいた。

「いや、見ていないな」

「そうですか。ありがとうございます」

巳之助は礼を言ってその場を離れ、また近くにいた人に同じ質問をしてみたが、知らないと言われた。

もしかしたら、道を間違えたのかもしれない。

そう思って、一度近田の屋敷まで戻り反対方向に進んだが、鉄平を見つけることは出来なかった。

その日の夕方、巳之助が小梅村の小屋へ行くと、九郎兵衛、半次、小春が不安げな顔をして火鉢を囲んでいた。

「どうしたんです？」

巳之助は輪に加わってきいた。

「三津五郎が今朝来なかったんだ」

九郎兵衛が重たい声で言う。

「え？　もしかして、昨日のことで祈禱師たちに怪しまれて……」

巳之助が口にすると、

「さっき様子を見に行ったら、道場は閉まっていて中に入れなかった。だから、三津五郎がどうなっているのかわからなくて……」

半次が考えるように言った。

「でも、三津五郎さんのことだから心配ないと思うんだけど」

そう言う小春の声も自信なさそうだった。

「多分、道場を引き払う支度をしているのだろう」

九郎兵衛が言った。

「そうでしょうね」

巳之助が頷く。

「引き払ったあとどうするか、言っていなかったか？」

「いえ、そんな話をしている時に、大僧正が寝てしまったんで……」

「そうか。ところで、鉄平の後を尾けて何かわかったか」

九郎兵衛がきいた。

「菊田十四郎と、近田新右衛門のところへ行っていました」

巳之助が答えると、

「菊田と近田……」

九郎兵衛は鋭い目つきで、何やら考えているようだった。

「ふたりとも勘定方なんです」

巳之助が付け加えた。

「お市の父親の向沢小吉も勘定方じゃなかったか？」

「そうです」

「勘定方に何かあるな」

九郎兵衛は腕を組んだ。

「あっしもそう思います。鉄平には仇がいるんです。それが、菊田と近田だと思いますが、鉄平はふたりを殺そうとせず、脅しているだけです」

「鉄平は、菊田と近田から何かを聞きだそうとしているとは考えられぬか」

九郎兵衛が巳之助を見る。

「ええ、そんな気がしなくもありません。あと、お市さんも、もしかしたら……」

「関わっているような気がするな」

九郎兵衛が言う。

「あっしもそんな気がします。どうだ、小春は？」

半次が小春にきいた。

「私もそう思うわ」

小春は頷いた。

「そういや、お市の父親は横領で切腹、御家取り潰しになっているんだな」

九郎兵衛が確かめた。

「ええ、そうです」

巳之助が答える。

「鉄平の昔のことを探ってみる必要があるかもしれない。鉄平に関しては、三津五郎が探ってくれていたらいいんだが……」

九郎兵衛が考え込んだ。

「旦那、三津五郎があっしらを裏切ったってことは考えられねえですか」

半次が眉間に皺を寄せてきく。

「うーむ」

九郎兵衛は腕を組んで唸る。

「それはないわよ」

小春は否定した。

「どうして、そんなことが言える」

半次が小春に顔を向け、強い口調で言った。

「だって、三津五郎さんは薄情な人じゃないわ」

「でも、金のためならわからねえ」

「仲間を信じないでどうするのよ」

小春が怒ったように半次を睨みつけた。

「俺だって、信じてえけど、やって来ないのはおかしいだろう！」

半次も負けじと言い返した。

そんな時、ふと、外から足音がした。

四人は急に押し黙って、耳を傾けた。

戸が開いて、

「皆、すまねえ」

と、三津五郎が駆け込んできた。

ぜいぜいと喉を鳴らし、肩で刻むように息をしている。

「三津五郎、どうしたんだ」

半次が声を掛ける。

小春が甕《かめ》から柄杓《ひしやく》で水を汲んで三津五郎に渡した。

「すまねえ」

三津五郎は柄杓を口に持っていき、一気に水を飲んだ。

それから、三津五郎は柄杓を返して、部屋に上がった。額には汗が光っている。

「何があったんだ。道場が閉まったそうだが」

九郎兵衛が心配そうに眉を寄せてきいた。

「今朝になって、大僧正が急に道場を引き払うって言い出したんです。それで、祈禱に使っていた道具だとか、顧客の名簿だとかを燃やしていたんです。途中で逃げてこようと思ったんですが、なかなか機会が摑めなくて」

三津五郎が頭を搔きながら答える。

「なんだ、そういうことか。心配させやがって」

半次は、ほっとしたように吐息を漏らした。

「さっきまで、三津五郎さんが裏切ったんじゃないかって疑っていたくせに」

小春が横から呆れたように言う。

「最悪の場合を考えていたんだ。三津五郎に限って、そんなことはないと信じていたけど」

半次は言い繕った。

「ほんと、ひどいわ」

「まあいいじゃねえか」

半次は小春に責められて分が悪そうだった。

「それより……」

九郎兵衛がふたりの話を打ち切り、三津五郎に顔を向け、

「巳之助が昨日忍び込んだ時に、そんな話を聞いたそうだ」

と、言った。

「そうなのか?」

三津五郎が驚いたように巳之助を見る。

「ああ、町方に目を付けられているから道場を引き払うと言っていたんだ」

「なるほど。俺はいきなり聞かされたもんだからびっくりした」

三津五郎は苦笑いして、

「それより、昨夜《ゆうべ》は祈禱師たちから色々聞けた」

と、言った。

「そうだ。そのことを教えてくれ」

巳之助が身を乗り出すようにしてきいた。他の者たちも同じような姿勢になった。

「あいつらは酒にかなり強いから、大変だった。でも、そんなに悪い奴らでもなかったな」

三津五郎は前置きをしてから、

「慈恵と吉林は元々役者のようだ」

と、言った。

「役者？」

九郎兵衛がきき返す。

「ああ、旅役者の一座みたいだ。慈恵は四年前、吉林は三年前に入ったという。殺された松園が看板役者だったそうだ。ちなみに、大僧正は座長だ。大河原長五郎《おおがわらちょうごろう》一座というんだ」

三津五郎がそう言うと、

「大河原長五郎……」

半次が呟き、すぐにはっとした。

「どうしたの？」

小春がきいた。

「俺が前に奥山で観た芝居が大河原長五郎一座だったんだ。それで芝居が好きになって、お前にも見せようと誘ったんだ」

半次の声が弾んだ。

「え、じゃあ、その時の……」

小春は驚いたように、口を開けたまま止まった。

「そうだ」

半次が大きく頷き、

「どうりで、大僧正を見た時に、どこか見覚えがあると思ったんだ。にしても、すごい偶然だ」

と、ため息をついた。

「あいつらは旅役者の一座といっても、旅役者として全国を回りながら、押し込みをしたりしていたらしい。むしろ、それが目的だったそうだ。もちろん、筑波山で修行したというのは嘘っぱちだ」

三津五郎が全員を見回しながら言った。

「なるほどな」

九郎兵衛が感心するように小さく笑った。

「祈禱団のことを考えついたのは、大僧正と鉄平みたいだ」

「鉄平も？」

九郎兵衛がきき返す。

「あいつはやくざ者らしい。五年くらい前までは、どこかの武家に奉公していたという話をちらっと大僧正から聞いたと吉林が言っていた」

「奉公ということは、若党とか中間《ちゅうげん》ということか」

「そうでしょうね。まあ、何で辞めたのかまではわかりませんけど」

三津五郎が淡々と話している間に、巳之助はやはり考えている通りかもしれないと思った。顔を横に向けて九郎兵衛を見ると、目が鋭く光っていた。

九郎兵衛も巳之助を気にするように見て、目と目が合うと頷いた。

おそらく、同じことを考えているのだろう。

半次と小春は、まだぴんと来ていないようだ。

巳之助は九郎兵衛に自分の考えを伝えようかと思ったが、

「じゃあ、背後に藤村帯刀がいるっていうのは？」

と、九郎兵衛がそれより先に口を開いた。

「勝手に藤村の名前を使っているだけだそうです。でも、何でそうしているのか、あいつらも知りませんでしたぜ」

三津五郎は首を傾げた。

「そもそも、道場の土地を借りる金だとか、諸々の経費はどうやって賄っているのだ。誰か金を出してくれる者がいなければ……」

巳之助が口を挟んだ。

「いや、自分たちで用立てたらしい。今年の初めに賭場荒らしをして、儲けたそうだ」

三津五郎が説明した。

「賭場荒らし……」

半次があっと声を上げた。

「どうした？」

九郎兵衛が半次に顔を向ける。

「いや、思い出したんです。今年の春先に、神田同朋町《どうぼうちょう》の賭場にいたら、いきなり町方の連中が手入れに来たんです。それで、賭場の売り上げを全部かっさらっていきました。見たことのない岡っ引きだったから、不思議に思っていたんです。やはり、あいつらが町方に化けていたのか」

半次は悔しそうに言った。

「ともかく、大僧正は賭場荒らしだとか悪いことをやって、金を稼いだんだ。その金を元手に、祈禱団を作って、さらに金儲けした」

九郎兵衛がまとめて、

「巳之助、鉄平もそれに手を貸している。何でだと思う？」

と、巳之助に言わせるようにきいた。

「祈禱団は鉄平の仇討ちに手を貸してやったんでしょうか」

「俺もそう思う」

「どういうこと？」

小春がぽかんとした表情をしている。

「鉄平にしてみたら、菊田と近田の妻女を道場に来させて、脅しの種に使おうとしていたんだろう。ふたりとも、『内海屋』の主人佐源次と密会している。それが怪しいな」

巳之助は息を継ぎ、さらに続けた。

「向沢小吉が切腹して、御家取り潰しになったのが五年前だ。鉄平も五年前まで武家に奉公していたというから、ちょうど重なる。鉄平は向沢小吉に仕えていたんだと思う。旦那はどう思いますか？」

巳之助は九郎兵衛を見た。

「ああ、俺も同じ考えだ。お市が菊田と近田の妻女と一緒にいたのも、何か企てているからだろうな」

九郎兵衛は自信ありげに説明した。

「何かって言いますと？」

　半次がきく。

「この間、お市さんを尾けていったら、菊田の屋敷に寄った。その後、菊田の妻女は屋敷を出て、池之端仲町にある出合茶屋に行った。佐源次との密会の仲介をしているのはお市さんかもしれない」

　巳之助が思い出して答えた。

「じゃあ、鉄平とお市が、それぞれの妻女が佐源次と密会している件で、菊田と近田を脅しているんですね」

　ずっと黙って聞いていた三津五郎が口を挟む。

「そうだ」

　巳之助と九郎兵衛が同時に声を発した。

「でも、何度も脅しているってことは、あのふたりがなかなか応じないんでしょうね」

　三津五郎が確かめた。

「そうだと思う」

巳之助が答える。

「っていうことは、そのうち、この四人で会うかもしれないですね。鉄平とお市がふたりを誘い出して……」

三津五郎が話している最中に、

「いや、俺が菊田や近田の立場なら、鉄平とお市を始末しようと考える。現に、菊田の若党が松園と木下を殺したんだ」

と、九郎兵衛が思いついたように言った。

「いつ殺すんでしょう？」

「もう狙っているだろう」

「じゃあ、急がないと鉄平とお市が殺されちまいませんか」

三津五郎が焦った声を出した。

「あっしは菊田と近田の動きを探ってみます。鉄平は誰か頼む」

巳之助は立ち上がった。

「じゃあ、俺が」

半次と三津五郎が手を挙げた。

「よし、ふたりでやれ」

九郎兵衛が指示した。

「私は？」

小春がきく。

「半次たちと動け」

「わかったわ」

小春は意気込んで答える。

「俺は祈禱団の道場に行ってみる。おそらく、明日の早朝に出て行くだろう」

九郎兵衛の見開いた目から、気迫がこもった光が放たれていた。

五人は小屋を出て、それぞれの持ち場に向かって歩き出した。

それを後押しするような強い風が後ろから吹いていた。

三

まだ東の空が白み始めたばかりの頃、九郎兵衛は下谷茅町の道場に着いた。すでに、『筑波山祈禱団江戸道場』の看板は門から外されていた。

門を押しても、引いても、閂《かんぬき》が掛かっていてびくともしない。

塀沿いに裏へ回ると、裏口は開いていて、大八車が置いてあった。

九郎兵衛が近づくと、二十歳くらいの男が出てきた。普通の着物を着ているから、ぱっと見た感じではわからなかったが、よく道場正面で客を案内していた作務衣の男だ。

「おい、大河原長五郎はいるか」

九郎兵衛は三津五郎から聞いた大僧正の名前を出した。その名前を知っていることにびっくりしたのか、

「えっ、おやっさんとはどういう間柄で？」

と、男は首を傾げる。

「昔の仲間だ」

九郎兵衛は適当に答えて、

「中にいるのか」

と、裏口から覗きながら、男に確かめた。

「はい、おりますけど」

「そうか」

九郎兵衛は不思議そうな顔をしている男を差し置いて、裏口から入り、奥に進んだ。

庭では慈恵と吉林と思われる男が大きな風呂敷包みを運んでいた。

九郎兵衛はふたりに近づく。

「どなたです」

体の大きな吉林が九郎兵衛を見て、はっとしたようにきいた。

「大河原長五郎の古い知り合いだ」

「どんな用ですか？」

「話せば長くなる。奥にいるのか」

九郎兵衛は鋭い目つきできいた。

「あなたのお名前は？」

慈恵がきいてきた。

「松永《まつなが》九郎兵衛だ」

九郎兵衛は正直に言った。ふたりはぽかんとしている。

「とりあえず、長五郎と話をしたい」

そう言うと、奥の方に顎鬚の長い男の姿が見えた。

九郎兵衛はそこへ早足で向かった。

慈恵と吉林が付いてくる。

「どちらさまで？」

長五郎が訝しげな目で九郎兵衛を見た。

「随分、儲けたようだな。祈禱に来た女を大店《おおだな》の旦那にあてがうやり方には感心する」

九郎兵衛は全て知っていると言わんばかりに、睨みつけて言った。

「さて、何のことでしょう？」

長五郎は惚《とぼ》ける。

慈恵と吉林は何かあったらすぐに九郎兵衛に摑み掛かれるよう構えていた。

「人払いした方がいいんじゃないか」

九郎兵衛は言った。

「おい、お前ら。さっさと支度しろ」

長五郎が命じると、

「へい」

慈恵と吉林は去って行った。

「お前と鉄平がこの祈禱団を作ったことは知っている。元々は大河原長五郎一座なんだろう？　まあ、各地で押し込みしたり、賭場荒らしをしていたそうだがな」

九郎兵衛が改まった声で言う。

「何のことだ」

長五郎は惚けるが、表情はさらに厳しくなっていた。

「隠したって無駄だ。三津五郎を知っているだろう？　あいつから全て聞いたんだ」

「なに、三津五郎？　でも、どうして……」

長五郎は首を傾げる。

「二日前の夜、慈恵と吉林と酒を呑んだ際にふたりが漏らしたそうだ」

「あいつらが……」

長五郎は考え込むように、僅かに目を落とした。

「それより、変な薬まで使って女をたぶらかし、不貞をさせて上前をはねるようなことをして恥ずかしくないのか」

九郎兵衛は責めた。

「儲かればいいんだ。それに誰も損をしていねえ。女たちだって悦んでいたし、商家の旦那だって」

長五郎は当たり前のように答える。

「開き直るのか。このことを町方に密告したら、お前は捕まるだろう」

九郎兵衛は脅した。

「出来るもんなら、してみやがれ。そんなんで怯える俺様じゃねえ。そのことで脅して金を取ろうとしても無駄だ」

長五郎が啖呵を切った。

「好い度胸だ」

九郎兵衛は、不敵に笑った。

この男に何を言おうと聞く耳を持たないだろう。それより、九郎兵衛はここまで吹っ切れている長五郎という男の心意気が気に入った。

「そうか、よくわかった。だが、お前らの狙いはそれだけじゃねえだろう。鉄平の仇討ちもそうだな」

九郎兵衛は落ち着いた声で確かめる。

「鉄平？　あいつがどうなろうと知ったこっちゃねえ」

「だが、奴と組んでいたじゃないか。仇討ちに手を貸していたわけではないのか」

「違う、あいつが勝手にやっていただけだ。別に仇討ちがどうなろうと、俺はもう道場を閉じて、新たな場所に行く」

長五郎は威勢の良い声で言った。

「良心の呵責はないのか」

「全くない」

長五郎は言い切った。

「松園のことはどうなんだ？」

「そんなことまで知ってやがるのか。まあ、あいつのことは惜しいな。まさか、殺されるとは思っていなかった。誰が殺したんだか……」

「なんだ、下手人を知らなかったのか」

「お前さんは知っているのか」

長五郎が驚いたようにきく。

「知っている」

九郎兵衛が大きく頷くと、

「誰だ」

長五郎は間髪を容れずにきいた。

「教えてやってもいいが、その前にきかせてくれ」

「なんだ」

「三津五郎が吉林から聞いた話だと、鉄平は五年前まで武家に奉公していたそうだな」

「ああ」

「奉公先は？」

九郎兵衛がきく。

「勘定方の向沢小吉って言っていた」

長五郎が淡々と答える。

（やはり、そうだ！）

九郎兵衛は心の中で叫んだ。

少し空が明るくなってきた。

「まだ何か言いたいことがあるか。俺たちはそろそろ行かなくちゃならねえ。松園殺しの下手人は誰なんだ」

長五郎が身を乗り出すようにしてきいた。

「菊田十四郎の手の者だ」

「菊田十四郎？」

「妻の小千代が松園の元に通っていたんだ」

九郎兵衛が言うと、長五郎は思い当たる節があるかのように頷いた。

「これからどこへ行くつもりだ」

九郎兵衛はきいた。

「お前さんには関係ないことだ」

長五郎は吐き捨てるように言い、九郎兵衛の横を通って行った。裏門で慈恵、吉林や手伝いの者などが荷物をまとめて長五郎を待っていた。

「おやっさん、あの侍は何だったんです？」

慈恵の潜めた声が九郎兵衛の地獄耳に聞こえる。

「何でもねえ。昔の知り合いだ」

長五郎は適当に答えて、裏門から出て行った。九郎兵衛は一団の後ろ姿をただ茫然と眺めていた。

（俺にもあれくらいの悪知恵があったら……）

腕が立つだけでは金儲けは出来ないと、改めて思った。

そんなことを考えていると、道場の正門の方でがたがたと音がした。しばらくして、正門から同心の関小十郎《せきこじゅうろう》と岡っ引きの駒三《こまぞう》が入ってきた。

ふたりは敷地を見渡す。

「あっ、あそこに誰か」

駒三が九郎兵衛を指して、ふたりは九郎兵衛に寄ってきた。

九郎兵衛は逃げも隠れもしなかった。

「関殿に、駒三親分」

九郎兵衛が声を掛けると、関は眉間に皺を寄せて首を傾げていたが、

「あっ、この間の」

と、駒三は気が付いたように口を開いた。

「この方は？」

関がきいた。

「この間の湯島天神の殺しの時に訪ねてきた、松永九郎兵衛さまという方です」

駒三が説明した。

九郎兵衛は関と目を合わせて頷く。

「松永殿は祈禱団に関わりが？」

関がきいた。

「いえ、祈禱団を束ねていた男を知っていたんで、訪ねてきました。そしたら、もぬけの殻で……」

九郎兵衛はわざとため息をついた。

「もう逃げられてしまったか……」

関が舌打ちをして、悔しそうな顔をする。

「松永さまはいつ頃こちらに来られたのです?」

駒三が口を挟んだ。

「ついさっきだ」

「その時には誰もいなかったのですか」

「ああ」

九郎兵衛は頷いた。

「旦那、おそらく奴らは江戸を出ようとするでしょう。すぐに追いかけやしょう」

駒三が意気込んで言う。

「そうだな、お前は先に行ってくれ。俺はちょっと松永殿に話をききたい」

関が言うと、駒三は足早にその場を去った。

それから、関が九郎兵衛を改めて見て、

「先ほど、祈禱団を束ねている男を知っていると申していたが?」

「大河原長五郎という奴ですな」

「なに、奴が大河原長五郎だったのか」

関が驚いたように声を上げた。

「関殿はあいつを知っているんですか」

「ああ、他の件で追っていた」

「他の件というと？」

「町方を装って賭場荒らしをしたことだ」

関はそう言いながら、

「あっ」

と、目を大きく見開いた。

「その金でこの祈禱団を作ったんです」

九郎兵衛が教えると、

「そういうことだったのか」

関が深く頷いた。

「ところで、関殿。誰か御徒目付《おかち》を紹介してくれませんか」

「御徒目付を？」

関は不思議そうな顔をする。

「少しおききしたいことがあるので」

九郎兵衛は淡々と言った。

「なら、あいつを訪ねるがいい」

と、関は御徒目付の名前と住まいを教えてくれた。

それから、九郎兵衛は関と別れて、残るはあとひとつと心の中で思いながら道場を後にした。

ようやく陽が昇って、九郎兵衛を照らすように、太い一筋の光を放っていた。

暮れ六つ（午後六時）の鐘が鳴った。九郎兵衛は本郷の武家地に来ていた。屋敷に帰る武士がちらほらと目に付いた。

九郎兵衛は関小十郎に言われた屋敷の門をくぐり、踏み石を伝っていった。正面の戸を引いて土間に足を踏み入れ、

「頼もう」

と、声を上げた。

すぐに若い中間が出てきて、

「どちらさまで？」

と、訊ねてきた。

「関小十郎殿に聞いてやって来た。松永九郎兵衛と申す。少しおききしたいことがあると伝えてくれ」

「はい」

中間は一度奥に下がり、すぐに戻ってきて、

「どうぞ、こちらへ」

と、案内した。九郎兵衛は中間の後を歩き、奥の間に入った。

四十くらいの中肉中背の男が煙管《キセル》を吹かしていた。

「松永九郎兵衛と申す者です」

九郎兵衛は御徒目付の正面に腰を下ろした。

「関殿から聞いてやって来たとか？」

御徒目付がきいた。

「ええ。ちょっと、伺いたいことがありまして」

九郎兵衛はそう言ってから、

「勘定所に藤村帯刀殿という方がおりますか」

と、訊ねた。

御徒目付は大名、幕府の役人などの内偵をしているから、藤村のことも知っているだろうと思った。藤村が勘定方かはわからないが、もしかしたら、と感づいた。

「藤村殿は確かにいるが」

「役職は？」

「いまは勘定吟味役だ」

御徒目付は答えながら、なぜそんなことをきくのだというような顔をしている。

やはり、藤村も勘定方だった。

勘定吟味役とは、勘定所の全ての任務を監督する役職である。定員は四名から六名で、役高五百石、江戸城の中の間に詰めている。勘定吟味役になると、六位になり、布衣《ほい》が許される。ここから勘定奉行が輩出される、出世の道である。

藤村が勘定所にいるとなれば、当然菊田、近田とは交流がある。それに、向沢小吉のことも知っているはずだ。

「ちなみに、五年前の藤村殿の役職は何です？」

「勘定組頭だ」

勘定組頭とは勘定方の役人を監督する役職である。

「藤村殿について詳しく教えてくれませんか」

九郎兵衛はきいた。

「一体、何を調べているんだ」

御徒目付は不審そうな顔をする。

「その前に色々お伺いしたいのです。その上で、お話しします。どうか」

九郎兵衛は頭を下げた。

「いいだろう。藤村家は代々幕府に仕える百石程度の下級幕吏だ。だが、藤村殿は若い頃から頭角を現している。しかし、悪い噂もある。藤村は賄賂を使ったり、他人を蹴落とすというものだ」

「なるほど。で、藤村殿は実際に賄賂を使っているんですか」

「何の証《あかし》も出ていない」

御徒目付ははっきりとは言わないが、藤村の賄賂については認めているような面持ちである。

「なるほど。そういうことでしたか。ところで五年前の向沢小吉殿の横領についてなんですが」

九郎兵衛がそう口にすると、

「向沢殿のことか」

御徒目付がため息をついた。

「ご存知ですか」

「知っている」

「そのことを詳しく教えてください」

九郎兵衛は頼んだ。

「わしの仲間がそのことを調べていた。向沢殿は実直で、筋の通った男だった。だから、あの男がなぜあんなことをしたのかはわからない」

御徒目付が前置きをしてから話したのは、巳之助から聞いたのと同じで、ある治水工事で予算を高く見積もって、余った金を横領したということだった。その額千両だという。

「横領した金は、向沢殿が捕まった時には手を付けられていたのですか」

九郎兵衛は改まった声できいた。

「ああ、全て使ってしまったらしい」

御徒目付は苦い顔をして答える。

「全て？　千両を？」

九郎兵衛はきき返す。

「そうだ」

御徒目付は頷いた。

「ちなみに、横領があってから捕まるまで、どのくらいの期間だったのでしょう？」

「ふた月ほどだ」

「向沢殿がふた月で千両も使っていたとお思いですか」

「確かに、その疑問が残った。だが、藤村殿は向沢殿がどこかに金を隠していると指摘していた。結局、向沢殿はその金の在り処を口にすることはなかった。ずっと、容疑を否認していた」

御徒目付がどこか遠い目をして話した。

「横領を密告したのは誰だったんですか」

九郎兵衛が鋭い目つきできいた。

「菊田十四郎殿と近田新右衛門殿が勘定組頭の藤村殿に報せて、明るみに出た」

御徒目付は答えた。

これで、全てが繋がった。

やはり、鉄平とお市は、その三人に恨みがあるのだ。だが、菊田と近田は藤村の指示に従っていただけかもしれない。

実際に千両の金がなくなっているということは、藤村がその金を横領したのだろうか。

鉄平が菊田と近田を脅しているのは、藤村の悪事を公にして、処分してもらおうという考えなのではないか。

「ところで、松永殿はそのことを調べているのか」

御徒目付がきいた。

「ええ、そうです。思い当たる節がございまして」

九郎兵衛は答える。

「なんだ」

御徒目付が身を乗り出すようにしてきく。この男も、もしかしたら向沢小吉の横領に疑いを持っていたのではないだろうか。

「もう少しわかったら、改めて相談に参ります」

九郎兵衛はそう言って、部屋を後にした。

四

夜になって、より一層寒さが厳しくなった。

巳之助は浅草田原町の九郎兵衛の長屋を訪ね、

「旦那、失礼します」

腰高障子を開けて、中に入った。

部屋に上がって、九郎兵衛と向かい合う。九郎兵衛は酒を呑みながら物思いにふけっているようであった。

「どうだ？　お前も呑むか」

九郎兵衛が誘ってきたが、

「いえ、結構です」

と、巳之助は断り、

「四半刻（三十分）前にも来たんですけど、留守だったんで」

と、呟いた。

「ちょっと前に帰ってきたところだ。俺もお前に話があるが、お前の方から聞こうか」

九郎兵衛が促した。

巳之助は頷いてから、始めた。

「さっき、菊田と近田が話し合っているのを盗み聞きしました。明日の昼九つ（正午）に、お市さんと鉄平を下谷茅町の『筑波山祈禱団』の道場に呼び寄せるそうです」

「そこで始末するつもりだな」

「そうだと思います。でも、お市さんと鉄平にはあの横領の件を全て正直に話すと伝えるそうです。藤村にも、その旨を伝えると言っていました」

「なるほど。そこに藤村は来るのか」

「わかりません」

巳之助は首を傾げた。

「藤村が来れば、そこで全て決着がつく。だが、来なかったとしても、他にもあいつを懲らしめる手立てはあるか……」

九郎兵衛は考えるようにして言った。

「旦那はあいつらを脅して金を取ろうと考えているのでしょう?」

巳之助はきいた。

「いや」

九郎兵衛は重たい声で答える。

「えっ、違うんですか」

巳之助は驚いてきき返した。元々は祈禱団が狙いだったが、いまは標的を藤村たちに変えたと思っていた。

「実はさっき、御徒目付のところに行っていたんだ。それで、向沢小吉の横領の件を詳しく聞いた」

九郎兵衛は、横領したとされる千両が消えていること、向沢小吉はその在り処を話さなかったこと、そもそも横領の容疑を否認していたことなどを話してから、続けて言った。

「それで、鉄平とお市の立場になって考えてみたが、あのふたりは藤村の悪事を公に晒《さら》して、父の無実の罪を晴らしたいのだろう。もし、俺がそのことで藤村を脅したとしても、あいつらは報われない。ここは金を取るのを諦めようと思う」

九郎兵衛が真剣な顔で言った。

巳之助はそう聞いて、ほっとした。

もしも、九郎兵衛が鉄平とお市に力を貸さず、藤村から金を脅し取るようなことがあれば、あのふたりはどうなるのだろうと思っていた。巳之助はお市を助けたいという思いから、もしも九郎兵衛と立場が違うとなれば、ここで潔く九郎兵衛たちとは手を切ろうという心構えもしていた。

「やっぱり、旦那と組んでよかった」

巳之助は呟いた。

「何を言うか、最初はいやがっていたくせに」

九郎兵衛は苦笑した。

「ともかく、明日、下谷茅町の道場です」

巳之助はそう言って、九郎兵衛の長屋を後にした。


翌日の昼四つ半（午前十一時）過ぎ、下谷茅町の道場に菊田十四郎と近田新右衛門が入ってきた。菊田の横には松園と木下を殺したと思われる若党がいる。近田も大きな体の若党をひとり従えていた。

巳之助は三津五郎が暮らしていた庵からその者たちを覗いていた。遠いので、微かにしか声が聞こえない。

隣で九郎兵衛は真剣な顔をして聞き耳を立てている。九郎兵衛は地獄耳と周囲から言われるほどで、小さな声も拾うことが出来る。

しばらく九郎兵衛はそうしていたが、

「どうやら、藤村も来るようだ」

小さく声を弾ませた。

「藤村が？　どうして、来ることになったんでしょう」

巳之助は気になった。

「自分を仇とする者の最期をちゃんと見届けないと気が済まないのだろうと、菊田が言っている」

「なるほど」

巳之助は頷いた。

ふと、道場の外で音がしたかと思うと、藤村が家来を五人連れて門から入ってきた。道場の正面で待っていた菊田と近田は、藤村を道場の奥に連れて行った。

「巳之助、お前さんは天井裏に忍び込んでくれ。俺はしばらくここで様子を見ている」

九郎兵衛が口にした。

「はい」

巳之助は辺りを気にしながら庵を出ると、この間と同じ場所から床下に潜り、這《は》いつくばって進んだ。

それから、物置部屋に上がり、そこから天井裏に潜り込む。

下から聞こえてくる声を頼りに藤村たちがいる部屋を割り出した。

板をほんの僅かにずらし、下を覗く。

藤村、菊田、近田が立ったまま話し合っていた。

「やはり、この部屋がいいのでは？」

菊田が言った。

「そうだな」

藤村は大きく頷きながら、

「わしは家来たちと隣の部屋に控えていよう。お主らの家来は両隣の部屋にいさせろ」

と菊田、近田に指示した。

「はっ」

ふたりは硬い声で返事をし、一度その部屋を出て行った。藤村は何か考える風に部屋の中をうろうろ歩き回った。

やがて、廊下から大勢の足音が聞こえてきた。さっき藤村が言ったように各々の家来たちが両隣の部屋に待機したようだ。

藤村はしばらくその部屋に留まっていたが、九つの鐘が、ごおんと妙に重々しく聞こえてくると、隣の部屋に移動した。

巳之助の見下ろしている部屋には誰もいない。

そのうち、廊下から足音が聞こえてくると同時に、

「本当に話してくれるんだな」

と、聞き覚えのある、よく通る声がした。鉄平の声だ。

まず、菊田と近田が部屋に入ってきて、続いて鉄平とお市が部屋に足を踏み入れた。

四人は腰を下ろして、対峙した。

「それより、どうしてこんなところに呼び出したんです?」

お市が落ち着いた声できいた。

「人目に付かぬところがよいと思って。もしも、藤村殿に知られては、何をされるかわからない」

近田が答えた。

「何をされるかわからないというのは?」

鉄平が鋭い口調で確かめる。

菊田と近田はそれには答えず、

「それより、お前さんたちの狙いは向沢小吉殿の横領についてだな」

と、菊田が確かめた。

「そうだ」

鉄平が素早く返事をした。

「私の父が横領などしようはずがありません。父が横領しているのをあなた方が藤村に報せて、事が明るみに出たというように伺っていますが、本当は反対だったのでしょう？　横領をしていたのは、あなた方です」

お市がふたりを交互に睨みつけた。

「お前たちが認めなければ、どうなるかはわかっているだろう？」

鉄平が意味ありげに言う。

脅しの種は、ふたりの妻女たちが『内海屋』の主人佐源次と密会していたということだ。

「確かに、我々が横領をしていた」

近田は俯き加減に答え、

「向沢小吉殿に罪を被せるつもりはなかった」

と、菊田が口を出す。

「では、横領していたことや、旦那さまに罪を被せたのも藤村の指示なんだな」

鉄平の声が響く。

その時、廊下から藤村が現れ、

「そうだ、向沢は余計なことをしてくれた。だから、始末したんだ」

と、嘲るように言い放った。

鉄平とお市は藤村に顔を向けた。

「どうして、ここに？」

お市が驚いたように声を上げた。

菊田と近田は黙っている。

「我々を始末しようとここにおびき出したのか」

鉄平が感づいた。

「わしは悪いことはしていない。向沢小吉という頭の固い奴がいることが、勘定方にとっては迷惑だったんだ」

藤村は身勝手な言い分を吐いた。

「よくも、そんなことを！」

　お市は怒りのこもった声をぶつける。

「賄賂なんて当たり前なんだ。金は当然、どこかの上前をはねなければならない。そういうことは、勘定方の役人だったら、皆百も承知だ。それなのに、向沢は変に真面目過ぎた。ああいう奴がいては、勘定方全体の和が乱れる。奴は始末してよかったのだ」

　藤村が強い口調で鉄平とお市に叩きつけた。

「もう我慢ならねえ」

　鉄平は懐から匕首《あいくち》を出して、藤村に飛び掛かろうとした。

　その時、両隣の部屋で控えていた家来たちが一斉に飛び出した。

　鉄平の動きが止まる。

　慌ててお市を庇《かば》うように、背後に回らせた。

　家来たちは鉄平とお市をじりじりと壁際に追い詰めていく。先頭に立っているのが、菊田の若党であった。

　菊田の若党が刀を振り上げた。

巳之助は咄嗟に天井板を外し、懐から匕首を菊田の若党目掛けて投げる。

若党は刀で匕首を弾きとばした。

全員が天井を見上げた。

巳之助は若党と鉄平の間に飛び降りた。

「誰だ！」

若党が叫ぶ。

巳之助は答えない。

「お前さんは？」

背後から鉄平の声がする。

「味方だ」

巳之助が顔を振り向かせて言った。

すると、鉄平の肩越しに顔を覗かせていたお市が、はっと驚くように目を見開く。

気配を感じ、前に向き直ると、若党が飛び掛かってきた。

「気を付けろ」

巳之助は鉄平に知らせるように声を上げ、身を躱《かわ》す。

他の家来が刀を振りかざして向かってきた。

巳之助はさっと避け、家来の腕を摑むと捻《ひね》った。

さらに足を掛けると、家来は後ろに倒れる。

巳之助は家来の腰から脇差を抜き取り、正面に構える。刀の心得はないが、このような修羅場は何度も切り抜けている。

その時、廊下からダダダッと駆け足の音が聞こえると同時に九郎兵衛が部屋に入ってきて、「俺が相手だ」と、家来のひとりを後ろから峰打ちで叩いた。

敵は全員驚いたように九郎兵衛の方を振り返る。

その隙に、鉄平が若党に飛び掛かった。

若党は気配に気づいたのか、くるりと振り返り、鉄平の匕首を刀で受けた。

巳之助は若党に横から突っ込む。

若党は鉄平を押し返すと、巳之助の脇差を弾いた。

鉄平が再び若党に飛び掛かる。

若党は体を躱した。

巳之助が脇差で斬りかかる。

若党はそれも避けたが、巳之助の脇差の刃先が腕を掠めた。若党は腕から血が流れているのに構う様子はない。横目で見ると、鉄平の姿はなかった。

巳之助はもう一度若党に向かう。若党も刀を構えたが、腕が痛いのか動きが鈍い。そこに斬りかかった。

若党は巳之助の脇差を弾いたが、片膝をついた。それでも、まだ刀を構えている。

巳之助は飛び上がり、脇差を相手の肩口に突き刺した。

若党は呻きながら倒れた。

室内を見回すと、何人かの家来が倒れ込んでおり、九郎兵衛が最後のひとりを峰打ちにしたところだった。

「巳之助、奴らは？」

九郎兵衛が声を上げる。

藤村、菊田、近田の姿がない。

ふたりは急いで、部屋を飛び出した。

巳之助は右、九郎兵衛は左に行く。

部屋の襖をひとつずつ開けて、三人を探す。途中で鉄平とお市に出くわし、「奴らを知らないか」ときかれたが、「こっちも探しているところだ」と答えて、また別々に探し始めた。

広い道場は、襖を開けていくだけでも手間がかかる。何度も繰り返しているうちに、角から九郎兵衛が現れた。

「どうだ？」

九郎兵衛がきいてくる。

「いません」

巳之助は答えた。

「どこに隠れているんだ」

九郎兵衛が眉間に皺を寄せながら言う。

その時、巳之助の背後から足音がして、

「旦那、巳之助」

と、半次の声がした。

振り返ると、半次、小春、三津五郎の三人の姿がある。

「いま御徒目付がやって来て、藤村、菊田、近田を捕まえたわ」

小春が言った。

「早く来てくれ」

三津五郎が促す。

巳之助は三津五郎に付いて行った。九郎兵衛も横に並んで、道場の外に出た。

すると、御徒目付と五人ほどの家来が藤村、菊田、近田を取り囲んでいた。

巳之助はそこへ駆け寄った。

「松永殿。遅れてすまなかったな」

御徒目付が声を掛けた。

「いえ、助かりました」

九郎兵衛が軽く頭を下げた。

「旦那、どういうことです？」

巳之助は九郎兵衛の顔を見た。

「御徒目付に来てもらった方が早いだろう。だから、半次に連れてくるように言っていたんだ」

九郎兵衛は、はっきりとした声で答える。

「鉄平とお市さんを連れてきましょう」

巳之助は道場の中に行き、廊下を何度か曲がったところでふたりの姿を見つけた。

ふたりも巳之助の足音に気が付いたようで振り向く。

「いま御徒目付が来られて、藤村たちを捕まえました。さあ、こちらへ」

巳之助が促した。

ふたりは巳之助に付いてくるが、

「お前さんは一体何者なんだ」

と、鉄平が不思議そうにきく。

「鋳掛《いかけ》屋です」

巳之助は答えた。

「どうして、鋳掛屋がこんなところに？」

鉄平はさらにきく。

巳之助が何と答えようか考えながらお市に顔を向けると、

「私が贔屓にしているんです」

お市が答えた。

「それで、ちょっと調べていて」

巳之助はそう言いながら道場の外に出た。

皆が集まっている場所へ行くと、

「向沢小吉殿のご息女だな」

御徒目付がお市にきいた。

「はい」

お市は短く答える。

「向沢小吉殿の横領の件をこれから正式に調べ直す」

御徒目付が前置きして、

「おそらく、藤村帯刀殿の命令で、菊田十四郎殿、近田新右衛門殿が予算を高く見積もり、余った金を藤村殿に渡していた。それを向沢小吉殿が指摘したので、事が明るみに出る前に、向沢殿が横領していたことにした。お市殿もそのように考えているのか」

と、きいた。

「全く、その通りです」

お市は深く頷いた。

「藤村殿！」

御徒目付が強い口調で呼びかける。

「嘘だ。わしは横領などしていない！」

藤村は震える声で叫んだ。冬だというのに額から尋常ではない汗が噴き出していた。

「菊田殿、近田殿はどうだ？」

御徒目付が顔をふたりに向けた。

「…………」

菊田は黙っていたが、

「はい」

と、近田が頷いた。

「横領を認めるのだな」

すかさず、御徒目付が問い詰める。

「そうです」

近田は諦めたように言った。

「では、近田殿の言い分を聞こう」

御徒目付が促すと、

「いえ、他に言うことはありません」

近田は吹っ切れたように答えた。

「近田！」

藤村が怒鳴りつける。

「もう言い逃れ出来ません」

近田が藤村を見ながら、首を横に振った。

「藤村殿、往生際が悪いですぞ」

御徒目付が叱りつけるように言うと、藤村は大きなため息をついた。

「これから取り調べる。付いて来い」

御徒目付が藤村、菊田、近田に言い付けて、

「お市殿、向沢殿は罪を擦り付けられただけだ。当時、わしも不審に思っていたのだが、向沢殿を救ってやれなかった。申し訳ない」

と、お市に深く頭を下げた。

「いえ、仕方のないことです」

お市は答える。

「向沢殿にはご子息がおられたな」

「はい、私の弟が」

「御家が再興出来るように働きかけてみる」

「本当でございますか」

お市の目が輝いた。隣にいる鉄平の顔も明るくなった。

「では、御免」

御徒目付たちは道場を出て行った。

その後ろ姿を見送ると、

「巳之助、ずっと私のことを調べていたのですか」

お市がきいてきた。

「はい、申し訳ございません」

巳之助は謝った。

「いえ、いいんです。やはり、旦那さまは私のことを不審に思っていたんですね」

「違います。斉木さまには御新造が玄洋先生のところに行っていると説明しておきましたので、疑っているということはありません」

「では、どうして？」

お市が不思議そうにきく。

「『内海屋』に出入りしていることが引っ掛かっていたんです。それに、菊田と近田の妻女たちと会っていたことも……」

巳之助は自分が見たことをお市に話した。

「そういうことでしたか。このことも旦那さまには……」

「もちろん、言いません。具合が悪くて、玄洋先生に掛かっていたと説明します」

「お願いします」

お市はありがたそうに言い、

「では、私たちはこれで」

と、道場を去って行った。

巳之助は心の中で、向沢家が再興出来ることを強く望んでいた。

それから、九郎兵衛に顔を向けると、

「旦那、ありがとうございました。丸く収まりました」

巳之助は感謝の言葉を口にして、

「皆もありがとう」

と半次、小春、三津五郎にも軽く頭を下げた。

「金は取れなかったが、お前と組めて楽しかった」

九郎兵衛が笑顔で言った。

「今度こそ、皆で金儲けをしようぜ」

半次が嬉しそうな声で誘ってくる。

「いや、あっしはひとりがいいんで」

巳之助はそう言い放つと、目礼をして歩き出した。

「あいつは変わらねえな」

三津五郎が惜しそうに言うのが背中に聞こえる。

「仕方ないわよ」

小春が慰める声もする。

巳之助にはまだやることが残っている。

最後の仕事に手をつける前に、隣家に住む庄助《しょうすけ》の妹お君《きみ》に、もう祈禱団は潰れたから内儀《おかみ》さんのことで心配する必要はないと伝えに行こうと思った。

冷たい風がかえって気持ちよく、身を引き締めながら、神田佐久間町《さくまちょう》に向かった。


その日の夜、雨が雪に変わり、体の芯まで凍えるほどの寒さであった。

往来もなく、辺りは静まり返っている。

巳之助は『内海屋』の塀を乗り越え、音も立てずに着地した。少し先には蔵がふたつ見えるが、今夜は蔵に用はない。

蔵から十五間《けん》（約二十七メートル）ほど離れたところにある、豪壮な総二階の母屋に向かった。

床下から物置部屋に出て、そこから廊下を伝って、中庭に出る。中庭を突っ切った先の佐源次の部屋の前で止まる。

「旦那さま」

巳之助は襖越しに声を掛ける。

「ん？　誰だ？」

佐源次がきいた。

「いまおひとりですか」

巳之助は確かめる。

「そうだが」

佐源次の不審そうな声が聞こえると同時に、巳之助はさっと中に入り、素早く襖を閉めた。黄金に輝く襖や屛風が目に入る。

「誰だ」

猪口を手にした佐源次が驚いて声を上げた。

巳之助は佐源次の目の前に行き、匕首を突きつけ、

「静かに。さもなければ、命はないぞ」

と、脅した。

「…………」

佐源次は従った。

「もう『筑波山祈禱団』はなくなった。それに、武家の妻女をお前にあてがう者も

いない」

巳之助は小さいが、重い声で言った。

「どうして、それを……」

佐源次は驚いていた。

「ともかく、そのことを一切口外するなよ。もし、外に漏らしたら、今度は命を狙いに来る」

巳之助はそれだけ告げると、『内海屋』を後にした。

外に出ると、雪がしんしんと降っていた。今夜は積もりそうだ。巳之助は雪の中を颯爽と駆け抜けていった。

この作品は書き下ろしです。

祈《いの》りの陰《かげ》

義賊《ぎぞく》・神田《かんだ》小僧《こぞう》

小杉《こすぎ》健治《けんじ》

令和2年12月10日　初版発行

発行人——石原正康
編集人——高部真人
発行所——株式会社幻冬舎
〒151-0051東京都渋谷区千駄ヶ谷4-9-7
電話　03(5411)6222(営業)
　　　03(5411)6211(編集)
振替00120-8-767643

印刷・製本—株式会社　光邦

装丁者——高橋雅之

幻冬舎時代小説文庫

ISBN978-4-344-43043-3　C0193　こ-38-11

幻冬舎ホームページアドレス　https://www.gentosha.co.jp/
この本に関するご意見・ご感想をメールでお寄せいただく場合は、
comment@gentosha.co.jpまで。